JULES VERNE
1828 ～ 1905

再读儒勒·凡尔纳

LES TRIBULATIONS D'UN CHINOIS EN CHINE

一个天朝人的磨难

〔法〕儒勒·凡尔纳／著　周国强／译

人民文学出版社

Jules Verne
Les Tribulations d'un Chinois en Chine
根据法国奥摩尼布斯出版社2002年版本译出

图书在版编目(CIP)数据

一个天朝人的磨难/(法)凡尔纳著;周国强译.—北京:人民文学出版社,2016
(再读儒勒·凡尔纳)
ISBN 978-7-02-011536-5

Ⅰ.①一… Ⅱ.①凡… ②周… Ⅲ.①长篇小说—法国—近代 Ⅳ.①I565.44

中国版本图书馆CIP数据核字(2016)第069886号

责任编辑　王瑞琴
装帧设计　刘　静
责任印制　史　帅

出版发行　人民文学出版社
社　　址　北京市朝内大街166号
邮政编码　100705
网　　址　http://www.rw-cn.com

印　　刷　三河市鑫金马印装有限公司
经　　销　全国新华书店等

字　　数　160千字
开　　本　710毫米×1000毫米　1/16
印　　张　14.75　插页3
印　　数　1—8000
版　　次　2016年8月北京第1版
印　　次　2016年8月第1次印刷

书　　号　978-7-02-011536-5
定　　价　25.00元

如有印装质量问题,请与本社图书销售中心调换。电话:010-65233595

目 录

第 1 章　人物的品性和国籍在此逐渐彰显 …………………… *001*

第 2 章　金福和哲人王以更清晰的面貌出现 ………………… *012*

第 3 章　让我们轻松一览上海城 ……………………………… *021*

第 4 章　金福接到一封拖了一星期的重要信函 ……………… *030*

第 5 章　雷鸥收到一封她情愿不要收到的信 ………………… *040*

第 6 章　看了这一章,读者也许会想去百年公司的
办公室转一转 …………………………………………… *048*

第 7 章　这里说的若不是天朝帝国的习俗,则太悲哀了 …… *057*

第 8 章　金福向王提出一个严肃的要求,王同样严肃
地接受了 ………………………………………………… *069*

第 9 章　结局不管有多怪,却或许不会让读者感到意外 …… *075*

第 10 章　克莱格和弗利被正式引荐给百年公司的新客户 …… *087*

第 11 章　在此,我们看到金福成了中华帝国最著名的名人 … *093*

第 12 章　金福,他的两个追随者及他的仆人无目的地前行 … *103*

第 13 章　在这里,我们听到了流行一时的
《百岁老人叹五更》 …………………………………… *116*

第 14 章　在此,读者可以在一座城市里看到四座城市 ……… *128*

第 15 章　给金福一个意外,也许还会让读者感到意外 ……… *139*

第 16 章　始终单身的金福重又开始没命地奔走 ……………… *151*

第17章　金福的商业价值再一次受到影响 ················159

第18章　克莱格和弗利，出于好奇，参观了"三叶"号的底舱······170

第19章　"三叶"号的船老大和他的船员们都没落得好下场······182

第20章　这些人又遇上了什么 ································194

第21章　克莱格和弗利以极其满足的心情看到月亮
　　　　升起来了 ··209

第22章　这一章读者可以自己来写，因为结局是那么不出
　　　　意料！ ··221

第1章 人物的品性和国籍在此逐渐彰显

"话说回来,不可否认,生活有其美好的地方!"来宾之一嚷嚷道。他坐在大理石椅背的太师椅上,手肘靠着椅子扶手,嘴里嚼着糖渍藕片。

"也有它的苦难之处啊!"另一位宾客在两声咳嗽间答道,精心烹制的鱼翅的辣味呛得他差点儿喘不过气来!

"吾等尚须明哲达理!"这时,一个年龄较大的人说道,他鼻梁上架着一副硕大的眼镜,宽阔的镜片,木头镜架。"今天,我们差点儿送了性命,明天却一切顺畅,就像这琼浆玉液顺喉而下!有好有歹,这便是生活!"

说完这话,这位大哲人带着随和的神态,一口喝下一杯温热的美酒,锡酒壶的壶口飘逸着淡淡的热气。

"在下以为,"第四位客人接着说道,"生活还是挺不错的,只要我什么都不用做,有法子不用做什么!"

"谬哉非也!"第五位反驳道。"福祉在于学习和工作。尽可能获取最多的知识,这才是力求幸福之路啊!……"

"这条路也让我们明白了,其实,我们一无所知啊!"

"这不正是睿智之初吗?"

"那之终又如何?"

"睿智没有终极!"戴眼镜的人富有哲理地答道,"拥有常识便是最大的满足了!"

直至此时,第一位宾客才直接向坐在上席的东道主发话,所谓上席,其实就是最差的位置,这是礼节的要求。这位东道主聆听着觥筹交错中诸公的议论,一言不发,无动于衷,心不在焉。

"呵呵!我们的东道主对这些茶余饭后的无稽之谈作何想法?他觉得今天的生活是好是坏?他是赞成还是反对?"

东道主漫不经心地嗑着西瓜籽,他只是轻蔑地噘起双唇,答之以一声"噗"!纯粹一个对什么都不感兴趣的人。

这个"噗"是对什么都不在乎者最常用的词。它道出了一切,又啥都没说。它属于所有的语言,应该出现在世界各国的词典里。这是个配有声音的"噘嘴"。

这位厌世者的五个来宾于是乎便催促他发表高见,谁都希望他倾向于自己的理论。他们想听听他的观点。他开始时避而不答,最后,不得不肯定说生活不好也不坏。在他看来,生活是一种相当无聊的"虚构",总之,并不令人喜悦。

"这便是我们的朋友啊!"

"他可以这么说,因为从来就没有一点点不如意的事情来打扰他的宁谧!"

"而且,他还年轻!"

"年轻而健康!"

"健康又富有!"

"非常富有!"

"富可敌国!"

"也许,太富有了!"

这些呼喊就像烟花爆竹的噼啪声此起彼伏,东道主无动于衷的表情竟没有露出一丝微笑。作为一个从来都不想浏览,哪怕只是花上一个小时,浏览一下自己生活这本书的人,他满足地轻轻耸了耸肩膀;而这本书,他连头几页都不曾裁开①!

然而,这个对世事无动于衷的人最多才三十一岁,他身强力壮,拥有一笔巨大的财富,他也不是没有受过文化教育,他的才智高于常人。总之,他具有其他那么多人想获得幸福,成为世上的幸运儿所有的全部条件!可他为什么不幸福呢?

为什么?

这时响起那位哲人低沉的嗓音,听上去就像古代唱诗中的领诵:

"朋友,"他说,"如果说你在人世间不觉得幸福,那是因为,迄今为止,你的幸福都是被动的。因为,你拥有幸福就像你拥有健康一样。如欲享受到这种幸福和健康,就得偶尔失去它们。然而,你却从不患病……我想说的是:你从来没有不幸过!这便是你的生活所缺少的东西。一个从来不曾遭遇过不幸的人,哪怕只是片刻的磨难,怎么可能明白幸福的价值呢!?"

为这智慧的见解,哲人举起斟满著名品牌香槟的酒杯:

"老朽祝愿我们东道主的太阳上出现一点阴影,"他说,"在他的生活中有点痛苦!"

言毕,他一口干掉了杯中的美酒。

东道主做了个赞许的动作,重又陷入他惯常的麻木不仁之中。

这场谈话是在什么地方进行的?是在欧洲的一个餐厅里,在巴黎,伦敦,维也纳,或者彼得堡?这六位客人是在新旧世界某个酒家的大厅里聊天吗?他们在席间议论着这些问题,酒并没有喝过了头,这都是些什么人?

---

① 当时出版的图书都是未经裁切的,读者看到哪里,裁到那里。这样,读完全书后,再切一下,就成了一本新书。当然,这样也省去了成书一道工序。

无论如何，他们不会是法国人，因为他们并不议论国事！

六位客人是在一个中型客厅里用餐，客厅装潢奢华。此时此刻，透过蓝色或橘红色的窗纱，最后一抹夕阳余晖斜照进来。窗洞外，向晚的微风拂动着自然花或手工花编成的花环，几盏彩色灯笼把它们淡淡的光晕渗进落日残留的柔光中。在上面，窗框顶部美轮美奂地雕刻着阿拉伯图案，并有各种不同的雕塑，表现天上人间美好的事物，异想天开的动植物世界的奇花异兽。

大厅墙上张挂着绫罗绸缎，闪烁着宽大的双斜面镜子。天花板上吊着一把布风扇，扇动它的彩绘薄纱风翼，让环境温度变得舒适宜人。

一张巨大的黑漆八仙桌，上面没铺桌布，映照着许许多多银的和瓷的餐具，好像是由一块最纯净的水晶反射出来。没有餐巾，但是，每一位客人手边都放着一摞足够用的方纸，方纸上印着题铭。餐桌周围放着大理石椅背的太师椅，在这个纬度，这种椅子比现代家具的软垫座椅更受人欢迎。

至于端菜斟酒的人，则由几个年轻姑娘来做。她们十分可爱，乌黑的秀发上斜插几朵百合和菊花，手上戴着金的或者玉的手镯，妖艳地环绕着她们的藕臂。她们面带俏笑，活泼亲切，一只手上菜或撤菜，另一只手则缓缓地摇动着一柄团扇，让天花板上的布风扇扇下来的风流动得更快一些。

晚宴毫无有待改善之处。出色而巧妙的烹饪，能想象出比这更精美的菜肴吗？当地的顶尖厨师，知道自己要面对的都是美食行家而超常发挥，制作出构成晚宴菜单的一百五十道菜。

晚宴开始，作为头道菜肴的是糖糕、鱼子酱、油炸蚱蜢、蜜饯干果和宁波生蚝。接着，一道紧接着一道上来的是糖水鸭蛋、鸽子蛋和柴鸡蛋、燕窝鸡蛋糊、烩人参、糖煮鲟鱼鳃、糖浆鲸髓、淡水大头鱼、炖蟹黄、蒜蓉

六位客人是在一个中型客厅里用餐，客厅装潢奢华。此时此刻，透过蓝色或橘红色的窗纱，最后一抹夕阳余晖斜照进来。

麻雀肫和羊眼、杏仁露饺子、葱酒海参、肉汁笋片、甜味嫩根色拉①，等等。新加坡的菠萝，糖衣花生，盐焗杏仁，美味可口的芒果，肉质洁白的龙眼，还有果肉白皙的荔枝，红菱，糖渍广州橙子，构成了这个持续达三小时的晚餐的最后一批美食。席间，主客畅饮了啤酒、香槟、绍兴酒，还有不可或缺的米饭，他们用两根细棍子把米饭扒进嘴里，以圆满完成精巧安排的整个晚餐的餐后甜食。

终于到了这一刻，年轻的姑娘们端来热毛巾，而不是欧洲流行的，盛满芳香洗手水的碗。客人们拿起毛巾，带着最心满意足的表情，擦了擦脸。

然而，这还只是晚宴的中场休息，一个小时的闲逸，音乐充斥着这一小时的每一瞬间。

此时，一群歌女和乐师步入厅堂。歌女们年轻漂亮，她们衣着朴素得体。可那是什么音乐，用什么方法发出来的声音啊！喵喵声，咯咯声，没有节奏，也没有调调，高音一直高到听觉能够接受的极限！至于乐器，琴弦和弓线纠缠在一起的胡琴，蒙着蛇皮的吉他，声音刺耳的单簧管，手提式小钢琴似的口琴，这些乐器和它们为之轰然伴奏的歌曲和歌女倒是相得益彰。

这个喧闹乐队的领班进来的时候，呈上了他们的节目单。东道主打了个手势，让他们自行安排，于是，乐师们便演奏了当时十分流行的，让上流社会为之疯狂的《一束十枝花》。

然后，事先已收到优渥报酬的歌女和乐师的队伍，带着满堂喝彩声退下，他们还将去其他雅间斩取丰厚的收获。

---

① 千奇百怪的食材和令人咋舌的烹饪方法，这便是中国这个地球上最大的厨房当时给法国人的印象。虽然有许多东西我们中国人都闻所未闻，但是作者却不是凭空杜撰的。当时已有许多法国人来到中国，把他们看到听到的整个写信告诉他们的同胞，其结果可想而知，不引起法国人的好奇心、神秘感，甚至崇拜心理才怪。

这时,六位客人离开座椅,然而也只是为了从一张桌子转移到另一张桌子,其间并没有繁多的礼数和谦让。

在第二张桌子旁,他们每个人都有一个带盖儿的茶碗,茶碗上绘有著名佛教僧侣达摩祖师站立在他那传奇木筏上的画像。他们每个人都得到一小撮茶叶,放进茶碗里,用开水冲泡,不加糖,然后,几乎当即便喝了起来。

怎样的好茶啊!不必担心,这不是吉布吉布公司供应的不诚实地掺杂了其他树叶的假冒伪劣产品,也不是已经泡过一道、只能用来清扫地毯的茶叶,更不是沏茶人不正当地往里面添加了姜黄染成的黄色,或用普鲁士蓝染成的绿色!这是完全纯净的御用茶。这些珍贵的叶子仿佛就是精华本身,它们在三月份第一次采撷,数量极少,因为茶树会因此死去①;最后,也只有小女孩,小心地戴上手套,才有资格采撷它们!

欧洲人找不到足够的表示赞美的感叹词,来颂扬这种饮料;而六位客人,小口小口地品味,作为喝惯了茶的行家,却并不感到格外的喜悦。

那是因为他们这些人,少不得说一句,已经不再在意这种极佳饮料的精美微妙之处。这些上流社会人士,衣着讲究,穿着轻薄的短袖衬衣汗衫,紧身短衣马褂,以及扣子在一侧的长衫;脚上趿着黄色的拖鞋,穿着凸纹布袜子,下身一条绸长裤,腰间束一条流苏方巾,胸前一方绣工精美的绸缎护胸,腰带上插一把扇子,这些可爱的人物就出生在一年一度收获这种芳香叶片的茶乡②。这顿晚餐,用上了燕窝、海参、鲸髓、鱼翅,他们大快朵颐,就像他们本来就该享用这些精心准备的山珍海味。这顿饭的菜单会让外国人目瞪口呆,却不足以令这些人感到惊讶。

总而言之,让他们谁都没有料到的是,就在他们准备离开餐桌的时

---

① 不必感到奇怪,这是当时欧洲人传说的茶叶,也许,这样说来,茶叶也就特别珍贵了。
② 指现在的浙南闽北。

候,东道主向他们宣布了一个决定。这时,他们才明白那天他为什么款待他们。

茶碗里的茶还是满满的。神情冷漠的东道主,手肘支撑在桌子上,目光迷茫,道出了下面这些话:

"朋友们,请听我说,不要笑我。我已经下了决心,即将在我的生活中引入一个新的元素,它也许能驱散我生活中的单调乏味!这件事是好是坏,却要等将来才能知道。这次晚餐是我的告别宴,告别单身,两个礼拜后,我就要结婚了,并且……"

"并且,你将成为最幸福的人!"那个乐天派嚷嚷道,"喏喏喏!那些预兆都向着你呢!"

确实,蜡炬发出暗淡的光线时在噼噼啪啪爆着烛花,喜鹊飞上窗棂叽叽喳喳地叫着,小片的茶叶垂直漂浮在茶碗里。诸多好兆头可不是假的!

因此,所有的人都来向东道主道贺,这位东道主却仍然十分冷漠地接受这些道贺。可是,鉴于他没有说出那位被他选中,将起到"新的元素"作用的女人的芳名,便没人敢冒昧提出这个问题。

然而,那位哲人却没有掺和这场庆贺的大合唱。他交叉双臂,眯缝着眼睛,嘴角挂着嘲弄的微笑,仿佛既不赞同祝贺者,也不赞同被祝贺者。

这时,被祝贺者站起身,把一只手搭到哲人肩上,然后说声音似乎不像往常那么平静:

"我现在结婚是不是太老了?"

"不。"

"太年轻了?"

"也不。"

"你觉得我错了吗?"

"也许!"

"我相中的那个女人,你认识,她具有能让我幸福起来的一切。"

"这我知道。"

"那为什么……?"

"恰是你不具有让你幸福所必需的一切!一个人活得腻烦,很不好!两个人一起腻烦,更糟糕!"

"这么说,我永远都不可能幸福了?……"

"是的,只要你还没有遭遇过磨难!"

"磨难落不到我头上啊!"

"没办法,要是这样,你就无药可救了!"

"啊,这些哲人!"客人中最年轻的那位嚷嚷道,"他们的话可听不得。这是一些理论机器!他们炮制出千奇百怪的论调!纯属水货,毫无使用价值!结你的婚,朋友,结你的婚!要不是我许过愿,永远什么都不干,我也会这么做的!结你的婚吧,而且,就像我们的诗人们说的那样,愿凤与凰永远温馨地琴瑟和鸣!朋友们,让我们为东道主的幸福干杯!"

"我不,"哲人答道,"我要为某个保护神不日的介入干杯,为了让他得到幸福,这位保护神将让他经受磨难的考验!"

就在这奇特的祝福词中,宾客们站起身来,像拳击手开打的时候那样,把两只拳头合到一起,低垂着头,上下摆动几次,然后,互相告别。

从举办这次晚宴的厅堂的描述,异域风情的晚宴菜单,宾客的衣着打扮,他们的表达方式,也许还有他们那些怪怪的理论,读者也许已经猜到了他们是中国人,不是那些仿佛从屏风上剥落下来,或者离开了大瓷瓶的"天国人物",而是天朝帝国的现代居民,已经因为留学、旅行、和西方文明人的频繁交往而"欧化了的"大清臣民。

实际上，那是在广州珠江上的一艘画舫的客厅里，富有的金福，在他形影不离的哲人王的陪同下，宴请他的四位青少年时代最要好的朋友，四品蓝顶官员宝森，药师街富有的丝绸大商人尹胖，散漫不羁的丁和文士华尔。

这件事发生在农历四月二十七，中国的夜晚被富有诗意地划分为五个更次的头更天。

富有的金福。

第2章　金福和哲人王以更清晰的面貌出现

金福之所以要设晚宴款待广州的朋友，是因为他曾在广东省的这个省会城市度过了一部分青少年时代。这个富裕而慷慨的年轻人应该人脉很广，画舫上的四位只是他当时尚能找到的朋友。至于其他人，已因生活的偶然变化，四处飘散，没能相聚。

此时，金福寓居在上海，也是为了解闷散心，他来广州几天，改变一下环境。然而，即在那晚，他就将搭乘行驶在海岸边，停靠各主要城市的轮船，安稳地返回他的衙门①了。

哲人王陪伴金福前去，因为这位哲人从不离开他的学生，他对这个学生的教诲可谓孜孜不倦。说实在的，这位学生却从来没把这些教诲当一回事。那么多的格言警句全都成了对牛弹琴。不过，这架"理论机器"——诚如放浪形骸的丁所云——却仍然炮制着，不知疲倦。

金福是典型的中国北方人。这种人正趋向变化，他们绝不归顺鞑靼民族。在南方各省是遇不到这种人的。那里，不管是在上层还是在下层，都比较能和满族打成一片。金福的家族，不管是在父亲方面还是母亲方面，自满清主政以来，始终退居一边，在他们的血管里没有一滴鞑靼人的血液。他高高的个头，身材匀称，皮肤白皙而不泛黄，两条眉毛拉成

---

① 衙门本来是官家办公的地方，金福不是官员，显然是作者误解了这个词。这里指的是金福的宅邸。

直线,两眼呈水平线,眼角朝太阳穴微微上挑,笔挺的鼻子,脸也不是那种扁平脸,即使在西方人的美男典型中他也颇能引人注目。

实际上,金福之所以显得是个中国人,是因为他的脑袋被仔细地刮过,前额和脖子上没有一根毛发。他那条漂亮的辫子,从枕部起始,像一条黑玉蛇似的舒展在背后。他十分注意修饰保养,上唇弯弯地留着细细的小胡子,下唇下面一簇胡子,好似乐谱中的延长号。他保留着一厘米长的指甲,证明他属于那类富裕、什么都不用干就能生活的人。也许,还有,在他全身散发出来的"体面而有教养"的风度上,还得加上举止的潇洒和神态的高傲。

况且,金福生于北京,这是中国人引为自豪的事情。要有人问起这一点,他会骄傲地答曰:"我是上面人!"

确实,他出生的时候,他父亲庄侯住在北京,他六岁的时候,他父亲才最终定居上海。

这位可敬的中国人出生于帝国北方的一个名门望族,像他的同胞一样,他具有杰出的商业才干。在他职业生涯的头几年,这片物产丰富、人口众多的国土上所出产的汕头的纸品、苏州的丝绸、台湾的冰糖、汉口和福州的茶叶、河南的铁、云南省的紫铜和黄铜,对他来说,全都是交易的要素和买卖的内容。他的总公司,即他的"行"设在上海,但他在南京、天津、澳门、香港都有分公司。他深深介入欧洲的商业运作,他让英国轮船运送他的货物,通过电缆了解里昂的丝绸和加尔各答的鸦片行情。那些先进的因素,蒸气或者电力,他照单全收,不像大多数的中国人,在官员和政府的影响下,让这种进步的东西声誉降低而把它们拒之门外。

简言之,不管是处理帝国内部的买卖,还是在和上海、澳门、香港的葡萄牙、法国、英国或美国的商号的贸易交往中,庄侯的手法是那么灵活巧妙,以至在金福来到这个世界上的时候,他的财产已经超过了四十万

美元①。

而在后来的那几年里,这个资本的积累还翻了一番,因为开辟了新贸易,这种新贸易可称作"新世界的苦力交易"。

我们知道,确确实实,中国的人口过剩,和这片广袤的,被按不同方式,然而是富有诗意地冠以天朝帝国、中华帝国、神州或华夏的名称不成比例。

据估计,这个国家人口不少于三亿六千万,几乎是整个地球人口的三分之一。然而,即便贫困的中国人吃得再少,他还得吃;而中国,即使有许许多多的水稻田,一望无边的高粱和小麦,还是不足以供他们糊口。因此,超出的一部分人口便巴不得通过被英国和法国的大炮在天朝帝国物质和精神的大墙上轰开的口子跑出去。

这部分过剩的人口流向北美,主要去了加利福尼亚州。然而,这股人流来势凶猛,致使国会不得不对蜂拥而来的人群采取限制性措施,他们被相当粗暴地称之为"黄祸"。就像我们所指出的那样,五千万中国移民来到美国,并不能明显地削弱中国,却能让蒙古人种淹没了盎格鲁-撒克逊人种。

不管怎么说吧,人口外流规模巨大。这些苦力靠一把米、一杯茶、一袋烟度日,却有能力干各种各样的活计,他们迅速地在盐湖城、弗吉尼亚、俄勒冈,尤其是加利福尼亚州落脚生根,使那里的劳动力价格大幅度下降。

一些公司便为运送这些廉价如斯的移民组织起来了。这种公司有五家,在天朝帝国的五个省份干着半骗半拉的买卖,第六家则设立在旧金山。前五家发送,最后那家收货。还有一家附属分公司,叫廷栋代理

---

① "差不多是二百万法郎。"这是作者原注。本书中的法郎均指旧法郎。

处,负责把货物发回。

这便需要略作解释了。

中国人愿意出国,去"美利坚人"那里寻求财富,"美利坚人"是他们对美国人的称呼。但是,条件是他们死后的遗体必须准确无误地运回故土埋葬。这是合同所列主要条款之一,必不可少的条文,它要求公司必须对移民做到,不管怎样都不能避开这一条。

因此,廷栋公司,换一种说法也就是亡灵代理所,握有一些特别的经费,由它负责租赁运尸船,满载后从旧金山驶往上海、香港或天津。新的生意经,新的利润源。

精明大胆的庄侯感觉到了这一点。在1866年去世的时候,他是以省名命名的广山公司的经理,还是在旧金山的亡灵基金会襄理。

那一天,已经没有了父母的金福继承了一笔高达四百万法郎的遗产,他投资购买加利福尼亚中央银行的股份,颇有见识地留待升值。

失去父亲的那年,年轻的继承者年方十九,要不是有哲人王在——形影不离的王,既是他的良师,又是他的益友——他真就成了孤家寡人。

那么,这个王又是何许人也?十七年以来,他一直生活在上海金福家的寓所里。他先是金福父亲的清客,后来又成了金福的清客。然而,他是从哪里来的?曾有怎样的过往?诸多问题相当模糊,这些问题恐怕也只有庄侯和金福能答得上来。

如果他们断定把这些话说出去也无妨的话——这当然是不可能的——那我们就能得知下面的情况了:

众所周知,中国这个国家很特别,一场民众骚乱竟能持续好几年,而且能煽起数十万之众。而在十七世纪,源自汉民族的赫赫的明王朝,已经在中国统治了三百年。1644年时,这个王朝的皇帝国无力抵御威胁到皇城的造反者,向一位鞑靼国王求援。

这位国王正求之不得，急急发兵，赶走了造反的队伍，顺势推翻了请求他帮忙的人，立他自己的儿子顺治当了皇帝。

从此时起，鞑靼统治取代了汉家统治，一个个满族皇帝占据了皇位。

渐渐地，尤其是在下层老百姓中，两个种族的人互相融合；可是，在北方的富裕家族中，汉人和鞑靼人之间依然泾渭分明。所以，人种特征的区别，尤其在帝国的北方各省，依然清晰。那里，蛰居着"不可和解的人"，他们始终忠于寿终正寝的明王朝。

金福的父亲便属于这种后者，他不肯违背祖宗的遗训，拒绝与鞑靼人握手言和。

一场反对异族统治的骚乱，即便这个统治已经持续了三百年，还是让他跃跃欲试。

毋庸赘言，他的儿子绝对赞同他的政治观点。

然而，就在1860年，还是咸丰皇帝主政的时期，这位皇帝向英国和法国宣战，一份于同年10月25日签订的北京条约宣告了这场战争的结束。

但是，在此之前，一次规模磅礴的起义已经威胁到当政的王朝。长毛或者叫太平军——"长头发的叛逆者"，于1853年攻下南京，1855年占领上海。咸丰驾崩，他年轻的儿子，为击退太平军可有事儿干了。没有李中堂，没有恭亲王，尤其是没有英国的戈登上校，他的皇位恐怕就保不住了。

这是因为这些太平军——鞑靼人不共戴天的敌人——组织严密，他们就想以哲人王的王朝取代清王朝。他们组成了四个不同的纵队：第一个黑旗军，负责杀戮；第二个红旗军，负责纵火；第三个黄旗军，负责劫掠；第四个白旗军，负责前三个纵队的后勤供应。

太平军在江苏一带展开了一次次重大的军事行动。距上海五法里的苏州和嘉兴①落入起义者的手中,接着又被皇帝的军队不无艰难地夺了回去。就连上海也遭受到严重的威胁。当其时也,指挥英法联军的格兰特将军和蒙托邦将军驻扎在北运河②的各个要塞。

然而,这个时期,金福的父亲庄侯,在上海附近有一栋住宅,离中国工程师们在苏州河上建造的那座漂亮的桥不远。他对太平天国起义不可能不赞许,因为起义主要针对的是鞑靼王朝。

因此,在这种情况下,8月18日夜晚,起义者被逐出上海后,庄侯宅邸的大门突然便打开了。

一个逃亡者,甩掉了追捕他的军队后,前来扑倒在庄侯的脚下。这个不幸的人手中已经没有了自卫的武器。如果庄侯把前来请求庇护的这个人交给皇家士兵,那么他就完了。

金福的父亲不是那种会出卖来他家寻求避难的太平军的人!

他关上大门,说道:

"我不想知道,永远都不想知道你做了些什么,来自何方!你是我的客人,而就凭这一点,你在我家是安全的。"

逃亡者想要说话,表达他的感激之情……他都快筋疲力尽了。

"贵姓?"庄侯问他道。

"王。"

确实,他就是哲人王!大仁大义的庄侯救下的王,这种仁义有可能让庄侯付出生命的代价,如果有人怀疑到他给予一个叛乱分子以庇护的话。然而,庄侯是那种古风犹存的人,对他来说,客人都是神圣不可侵犯的。

几年后,太平天国起义被彻底镇压了。1864年,他们的天王在南京

---

① 原著错误。苏州距上海约一百公里,嘉兴距上海约九十公里,何止五法里。
② 文中的北运河应是永定河。

被围后，为了不落入保皇军的手中，服毒自尽。

从这一天起，王便留在了他恩公的家里。他从不需要就过去的事情作答。谁都不会向他提出这方面的问题。也许，他们怕就此知道得太多！骚乱者们犯下的恶行，据说罄竹难书。那么，王曾在哪面大旗下效力呢？黄旗、红旗、黑旗还是白旗？总之，还是不知道为好，继续保留他属于军需纵队的幻想。

况且，王，为他的好运气而庆幸，便待在这个好客的家庭里成了清客。庄侯作古，他的儿子绝不愿和王分开，他已经完全习惯了有这个可亲的人做伴。

再者，说真的，在这个故事开始的那个时期，谁又能认出这个五十五岁的哲人，戴着眼镜的道学家曾经是太平军，一个杀戮者、劫掠者、纵火者——任选一个？这个两眼朝鬓角上挑，留一部传统式胡须，按中国方式行事的中国人，身穿色泽不甚显眼的长袍，腰带因为开始发福而抬到胸前，头发按照官家法令处理，也就是说，一顶皮制的圆帽，帽边往上翻起，帽中央垂下红线做的缨子，看上去不就是个老实本分的哲学老师，一个能流利运用八万中国方块字的学究，说官话的文人，有权进入保留给天子的北京的宫闱，通过了第一场科举考试的优胜者吗？

也许，不管怎样，在与忠厚的庄侯相处中，他在遗忘充满恐惧的过去，变好了，潜移默化，走上了思辨哲理的道路！这便是为什么那天晚上，形影不离的金福和王一起在广州，为什么在告别晚宴之后，两个人前去码头上，寻找那艘将把他们迅速送回上海的轮船了。

金福默默地走着，竟至略显忧虑。哲人王东张西望，在月光下、星光下作着哲理思辨，微笑着从永乐门下走过，觉得这座门对他来说并不很高；走过永乐门的时候，他觉得城门仿佛向着他自己的生活洞开，最后，他眼望着五百罗汉塔的那几座小塔消失在阴影里。

说真的，在这个故事开始的那个时期，谁又能认出这个五十五岁的哲人，戴着眼镜的道学家曾经是太平军？

"佩尔玛"号轮船就停在那里。金福和王在预订的两间舱房里安顿下来。平日里，珠江急速的水流带着陡峭的两岸冲刷下来的泥沙，卷走死刑犯人的尸体，这时，它给轮船以极快的航速。轮船箭似的在法国大炮留下的废墟间穿过，走过哈弗崴的九层塔和黄埔附近的杰尔町三角洲，那边，在小岛和两岸的竹编障碍栅之间，停泊着最大的船舰。

　　从广州到珠江口之间一百五十公里，也就是三百七十五"里"，在晚间就跑完了。

　　太阳升起来的时候，佩尔玛号即过了虎门，然后是喇叭形河口的两道沙滩。香港岛高达一千八百二十五米的维多利亚峰有一时出现在晨雾中，然后，经过最幸运的海上航行，金福和王返回长江泛黄的江水，在江南省沿海的上海下船。

第3章 让我们轻松一览上海城

有一则中国的谚语说：刀枪锈则犁铧亮，监狱空则仓廪满，善男信女的脚磨光庙宇前的台阶，官衙大院里便会野草遍地，医生步行则面包商骑马，这样，帝国便治理好了。

真知灼见啊，这个谚语完全适用于新旧两个世界所有的国家。然而，如果说还有一个地方，那里离实现这个愿望还远着呢，这个地方便是天朝帝国。那里，闪闪发光的是刀枪，生锈的是犁铧；监狱里人满为患，仓廪却空空如也；面包商比医生还要空闲，宝塔吸引着善男信女，相反，法庭也不乏被告和诉讼人。

况且，一个十八万平方英里的帝国，南北长八百多法里，东西长九百多法里①，包括有十八个地域广阔的省份，还不算那些治理不完善的附属国：蒙古、满洲里、西藏、东京湾、高丽、琉球群岛，等等②。如果说中国人有些怀疑到了这个问题，外国人对此却不抱任何幻想。也许，只有皇帝，封闭在他的宫殿里，在三重城郭的保护下，难得迈出大门。这位天的儿子，臣民的父母，可以随心所欲制定和废止法律，把握着所有人的生杀大权，仅凭他的出生便拥有整个帝国的全部收入；这位君主，在他面前人人得拜伏在尘土里的君主，只有他觉得国泰民安，什么

---

① 这笔账不知道是怎么算的，不能作准。
② 这都是当时外国人眼里对中国的看法，不能作准。

都好极了。就连试着向他证明他弄错了都不行。天的儿子从来都不会错。

有什么原因致使金福认为欧洲式的治理比中国式的好呢？我们真的愿意相信是出于这种情况。实际上，他所在的地方不是上海，而是在上海外面，英租界的一块地上，那里实施的是一种颇受欢迎的自治。

就本义而言的上海位于黄浦江的左岸，这条小河与吴淞江成直角汇合，注入长江，或称扬子江，从而流入东海。

这是一块由北向南的椭圆形土地，四周围着高高的城墙，城墙上开五个城门通向郊区。错综复杂的小街小巷交叉成网状，石板路面会使清扫机很快磨损。幽暗的店铺没有橱窗也没有货架，店铺老板打着赤膊在里面做生意。不见一辆车，也没有轿子，难得有骑马的人走过；几座当地的寺庙或洋教堂；作为散步场地，只有一个茶园和一个相当泥泞的校场；校场建造在一块填高的土地上，这里以前是水稻田，散发着沼泽的气息。在这些街道上，狭小的房子里，蜗居着二十万居民，居住条件实在不那么理想。这座城市就是这样，然而，它在商业上的重要性却并不因此有所减弱。

确实，南京条约之后，外国人才第一次有权在那里设立商号。这是中国向欧洲贸易打开的大门。为此，政府在上海和郊区外面，以每年收取租金的方式，特别划出三块土地，给法国人、英国人和美国人，他们的人数约在二千左右。

有关法租界的情况没什么可说的。它最不重要。它几乎和城北的城墙接壤，一直延伸到洋泾浜，这条小溪流将它和英国的领地分隔开。那里矗立着天主教遣使会和耶稣教的教堂，它们在离上海四英里处有一所徐家汇中学，专门培养中国的业士。然而，这块小小的法国殖民地和它的那些邻居根本不能相提并论。十个商号，建于1861年，只剩下了三

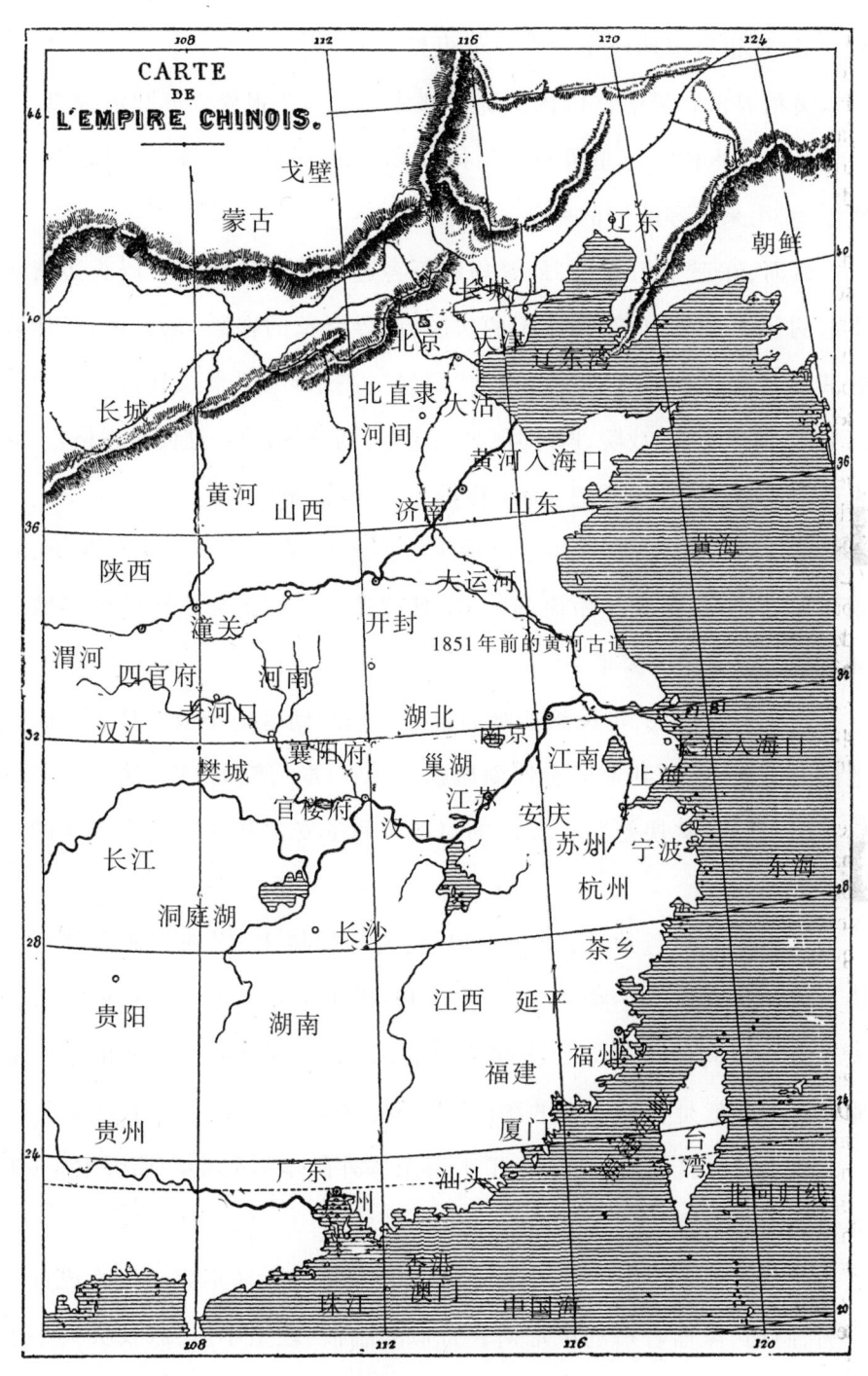

当时大清帝国的东南部

家,而贴现银行居然还宁肯设在英租界。

美租界占有吴淞江以内的那个部分。它和英租界以苏州河为界,河上横跨一座木桥。那里可见阿斯特大楼,传教会教堂。在那里还挖了一些船坞,用来修理欧洲的船舶。

然而,在三个租界里,最繁华的不容置言还是英租界。码头边富丽堂皇的住宅;带阳台间和花园的房屋;商界巨擘的宫殿;东方银行;挂着老其昌名号的著名的邓特公司的"商行";杰尔町、罗素及其他大商贾的商号;英国俱乐部、戏院、网球场、公园、跑马场、图书馆。这便是盎格鲁-撒克逊内容丰富的全部创造,完全称得上是"模范殖民地"。

这就是为什么,在这片享有特权的土地上,在自由管理的庇护下,看到犹如列文·卢塞先生所说的"一座具特殊性质的无与伦比的中国城",并不令人惊讶的原因了。

这便是为什么,走风景如画的长江水路来到这一小块中华帝国的土地的外国人,能看到上面有四面旗帜舒卷在同一阵微风中,法国的三色旗,联合王国的"快艇"旗,美国的星条旗和圣安德烈绿底黄十字旗的原因了。

至于上海附近地区,土地平坦,没有一棵树木,纵横切割着狭窄的铺石路和呈直角的小路,穿通蓄水池和"人工渠",给一望无边的稻田分配水源。田间的小水渠上漂移着帆船,就像穿行在荷兰乡间的平底驳船。整个儿就是一幅巨大的图画,很绿很绿的基调,就差配上画框了。

佩尔玛号抵达上海,靠上了上海东郊外的本地码头。那天下午,王和金福便在那里下船。

河岸上人来人往十分忙碌,河上的景象更是无法形容。成百成百的帆船、画舫、像摇着橹的威尼斯轻舟似的舢板、轻型小艇,以及大大小小的其他船舶,构成了一个漂浮的城市,生活着估摸不会少于四万人口的

佩尔玛号抵达上海，靠上了上海东郊外的本地码头。那天下午，王和金福便在那里下船。

水上人家。这些人持续生活在低劣的环境里,条件最好的也好不过文人和官员阶层。

两个朋友悠闲地走在码头上,三教九流之中,卖花生、柑橘、槟榔或柚子的各种各样的商贩,各国的水手、挑水的水夫,算命的,和尚、喇嘛,中国式打扮、垂一条辫子、摇一把扇子的天主教教士,土著士兵,"地保",本地的城市警察,以及给欧洲商贾办事的推销员、掮客类的"买办",干什么的都有。

金福手拿折扇,以无动于衷的目光扫视着人群,他对周围发生的一切毫无兴趣。不管是商贩和顾主买卖时使用的墨西哥的鹰洋,还是银两,还是铜板①发出的金属碰击声,都不能引起他的注意。他的钱足以用现金买下这整个郊区了。

哲人王则打开他那把画着黑色妖怪的大雨伞,还不停地"变换方向",活脱一个高贵的中国人,他四处寻找着值得观察的题材。

经过东门的时候,出于偶然,他的目光停留在十二只竹笼子上,笼子里陈放着十二颗神情诡异的脑袋,是前一天被处决的囚犯。

"也许,"他说,"能有比砍头更好的做法!那便是使它们长得更加牢固!"

金福也许没有听到王的反应,否则,他定会惊讶,这出自一个从前的太平军之口。

两个人转过中国城的城墙,沿着码头继续往前走去。

在郊区的尽头,正要跨进法租界的时候,有一个当地人,穿着蓝色的长衫,用棍子击打着一只水牛角,打出刺耳的声音,刚吸引来一群人的注意。

"算命先生。"哲人说。

---

① 一个鹰洋相当于五法郎二十五生丁,一两银子相当于七到八个法郎,而一个铜板差不多相当于半个生丁。

"这与我们何干!"金福答道。

"朋友,"王又说,"找他算个命吧。你要结婚了,这是个机会。"

金福想继续往前走。王把他拉住了。

"算命先生"是一种民间的先知先觉,给他几个铜板,他便预言你的未来,以此谋生。他没有别的职业用品,就一只笼子,里面关着一只小鸟,笼子挂在他长衫的扣子上,还有一副六十四张纸牌,上面画着神、人或动物的形象。不管是哪个阶层的中国人,普遍都迷信,不会把算命先生的预言当成耳边风,而算命先生却很可能并不把它当回事儿。

王打了个手势,算命先生便在地上铺开一块棉毯,把他的笼子搁在上面,然后,掏出他的纸牌,洗了洗,把它覆在棉毯上发开,上面的形象是看不见的。

这时,笼门打开了。小鸟跑出笼子选了一张回来,主人给它一颗米作为报偿。

算命先生把那张牌翻过来。牌上有一个人脸和一句文言文的箴言。这是北方的官员们使用的官方语言,受过教育的人们的语言。

这时,算命先生对着金福预言未来,这个预言和他在全国各地的同行会做出的预言大同小异,不会互相影响,那便是今日会有些磨难,此后大吉大利一万年。

"一次,"金福答道,"只要有一次磨难,我就信你全说对了!"

接着,他便把一两银子扔在地上,先知先觉像饿狗见到鲜骨头一样扑了上去。像这样的收获在他实不常见。

此后,王和他的学生便向法租界走去,前者思索着这个和他自己的幸福理论相吻合的预言,后者清楚什么苦难都不会落到他的头上。

就这样,他们从法国领事馆前面走过,重又登上横跨在洋泾浜上的那座单孔桥。过了小溪,他们斜向穿过英国领地,走上了欧洲港湾的码头。

这时，笼门打开了。小鸟跑出笼子选了一张回来，主人给它一颗米作为报偿。

这时,中午的钟声敲响了。上午热闹非凡的买卖鬼使神差般地停了下来。一天的交易可以说告一段落。继活跃之后即将是平静,在英国城里也如此,就这方面而言,它变成了中国城。

此时此刻,有几艘外国船到港,它们大多数悬挂的是联合王国的旗帜。不得不说,这些船十条中有九条装载着鸦片。英国使中国到处充斥着这种令人愚钝的物质,其营业额超过两亿六千万法郎,为它带来百分之三百的利润。中国政府曾想禁止鸦片进入天朝帝国,但徒劳无功。1841年的战争和南京条约,让英国商品能够自由进入,商界巨擘们胜诉。再者,这里还得加上一点,如果说,北京政府曾有严令,凡是销售鸦片的中国人,不管是谁,将科以极刑,行使权力者却可以用金钱买通。有人甚至认为每年有一百万落入上海道台的腰包,只要他对治下非法勾当睁一只眼闭一只眼就行。

不用说,金福和王都不会染上吸食鸦片的可憎的毒瘾,抽鸦片会毁了人体的各种机能,把人迅速引向死亡。

因此,绝对没有一两这样的东西进入他们豪华的居所。两个朋友在上海港码头下船后一小时到了他们的家。

王不失时机地说了下面的话,又一次让人惊讶它出自一个前太平军之口:

"也许有比给一个民族进口毒品更好的做法!贸易是好的,哲理则更好!让我们旷达明理,首先要让我们旷达明理啊!"

第4章　金福接到一封拖了一星期的重要信函

所谓衙门,是各种建筑物的集合体,按一条平行线排列,而第二条由亭台楼阁组成的线与之成直角对切。一般说来,衙门用作位高权重的官员的住宅,属皇帝所有;然而,也不禁止富有的天朝人全权拥有,而富裕的金福居住的就是这种奢华的豪宅。

王和他的学生在大门前站住,高大的围墙围起这个衙门的各个建筑及它的那些花园和院落,大门便开在围墙的正面。

如果这里住的不是个普通人,而是个行政官员,那么,它门口最前面的位置,大门突出的颜色鲜艳的屋檐下就会有一面大鼓,这位官员治下的老百姓,白天黑夜都能前来击鼓鸣冤,要求主持公道。然而,这个衙门的大门口没有"鸣冤鼓",而是放着几口大瓷缸,瓷缸里盛的是冷茶水,由管家着意不停地更换。这几缸茶水是用来供过路人饮用的,为金福赢得慷慨仁厚的好名声。因此,正如众人所云,他被"左邻右舍"所看好。

主人回来了,全家上下人等都跑到大门口迎接。随身男仆、跟班、看门人、轿夫、马夫、马车夫、家丁、守夜人、厨师,组成中国仆役的全体人员在管家的指挥下排成横列;另有临时招来干粗活的苦力,站在稍微后面一些的地方。

管家向宅主表示欢迎。后者只是微微打个手势便很快过去了。

"孙呢?"他只是问了一句。

"孙啊!"王含笑接了一句,"孙要是在这儿,他就不是孙了!"

"孙在哪儿?"金福再次问道。

管家不得不承认,他们谁都不知道孙干什么去了。

然而,孙是个最贴身的男仆,负责金福的日常起居,是金福无论如何都不可或缺的。

那么,孙是个模范仆人吗?不。找不到比他的服侍更糟糕的了。心不在焉,缺乏条理,笨手笨脚,笨嘴拙舌,极其贪吃,略有胆怯,一个能起屏护作用的真正的中国人,却忠心耿耿。总而言之,他不管怎么说,是唯一一个具有天分让东家冲动的人。金福一天能找到二十次冲孙发火的机会,而如果说他只是惩罚这位仆人十次,那是因为他平素处事漫不经心,不愿为什么事情动肝火。可见,孙是个有益健康的仆人了。

况且,孙就像大多数中国仆役那样,该受责罚的时候,会自己跑来领受责罚。他的主人绝不轻易饶恕。藤条雨点般落到他背上,孙对此还不是很在乎。然而,他显得敏感得多的,却是当他犯下什么大错的时候,金福接二连三地让他的辫子——那条拖在背后的尾巴——承受的剪切。

确实,众所周知,中国人对这个没用的怪物有多重视。失去尾巴是对罪犯最大的惩处!这是一件遗羞终身的事情!因此,不幸的仆人再没有比判处他失去一段辫子更让他感到害怕的惩罚了。四年前他进门服侍金福,当时,他的尾巴长达一米二十五,是天朝帝国最漂亮的辫子之一。此时,它已经只剩下五十七厘米了。

照此下去,两年后,孙只怕会完全秃顶!

这时,王和金福穿过花园,后面毕恭毕敬地跟着全家上下。花园里的树木大多数种在陶土盆里,树木的修剪技巧让人叹为观止,却也令人抱憾,它们被修剪成一个个怪兽的模样。接着,他们绕过池子,池子里养

这时，王和金福穿过花园，后面毕恭毕敬地跟着全家上下。

着"丝足鱼"和金鱼,清澈的池水完全被大朵大朵粉红色的荷花所覆盖,这是源自中华帝国的最美的睡莲。他们向用鲜明的颜色画在一堵专门立起的墙上的,象征性的壁画似的一头难以辨认的四足兽行了礼,最后到达了衙门主楼的门前。

主楼建造在一个平台上,分底楼和二楼两层,上平台进楼有六级大理石台阶。竹子编成的篱笆像屏风一样挡在门窗前,利于室内的空气流通,使过高的气温变得能够承受。平平的楼顶和散落在衙门围墙内的亭台楼阁别出心裁的尖顶相映成趣。围墙上的雉堞,五光十色的琉璃瓦和刻着精细图案的砖石让人赏心悦目。

楼内,除了专门留给王和金福居住的房间外,全都是厅堂。厅堂周围隔出一个个小房间,透明的隔板,隔板上画着花环或不吝笔墨地写着天朝子民道德教训的格言。一些歪歪扭扭的座位,陶土的或是瓷的,木头的或是大理石的到处陈放,上面少不得有几打比较吸引人光顾的柔软的坐垫。到处挂着灯或各种各样的灯笼,色泽柔和变化细腻的玻璃罩,装饰着比西班牙母骡还要多的穗子、流苏和缨子。还有到处都放着被称作"茶几"的小桌子,中国家具必不可少的补足部分。至于象牙或玳瑁的雕镂品,镶嵌乌金的紫铜器具、香炉,装饰着凸起的金线图案的漆器,乳白色和翠绿色的玉,明代或清代的圆形或棱柱型的瓶子,更为难得的元代的瓷器,嵌金属花纹的玫瑰色和黄色的半透明珐琅工艺品,其制作秘诀今天已经失传,我们用上几个小时把它们浏览一遍,绝不会是浪费时间。这个奢华的住宅让我们看到和欧洲舒适的生活设施相结合的全部中国的想象力。

确实,金福是一个进步人士——旁人这么说,而他的品位也做出了证明。西方人的现代发明,没有一样被他拒之门外。他属于那种受物理和化学学科吸引、为数还极少的天之骄子。因此,他不是没有教养的人。那些人剪断了雷诺兹公司最初想一直架到吴淞口,旨在较迅速得悉

英国和美国货轮到港信息的电线。他也不是那种保守落后的官员。那些人不准从上海到香港的海底电缆附着某个陆地点,迫使电气技术人员不得不把电缆固定在江上一艘漂浮的船上!

不!金福和他的部分同胞一起,赞同政府在法国工程师的指导下建立了那些兵工厂和造船厂。因而,他握有纯粹为民族利益建起的中国轮船公司的股份,这个公司的轮船行驶在天津和上海之间。他还对那些高速轮船感兴趣,这种船从新加坡出发,能比英国货轮节省三四天时间。

我们说了,物质的进步被引进到了他的家里。确实,电话机沟通他衙门的各个楼房。电铃联结起住宅的每个房间。寒冷的季节,他烤火取暖,并不为此感到羞愧,在这方面比他的同胞们想得周到,后者穿上四五层衣服,在空炉膛前冻得发抖。他用煤气照明,就像北京海关的总督和中华帝国当铺业的巨头大富豪杨先生那样!最后,在他的私密通信里,他不屑于仍然使用过了时的书写,这位进步的金福,我们很快就会看到这一点,他采用了留声机,最近由爱迪生改进到完美程度的留声机。

由此可见,哲人王的学生,像他的精神部分一样,他生活中的物质部分也拥有获得幸福所必需的一切!而他却不幸福!他有孙为他缓解一下平昔的麻木不仁,然而,孙也不足以给予他幸福!

确实,至少是在此时此刻,孙,从不在他该在的地方的孙,很少现身!他恐怕在他东家不在的时候,犯下了什么严重的错误需要自责。笨手笨脚铸下的大错,如果说他不为挨惯了家法藤条的脊背害怕,种种迹象表明,他首先是在为他的尾巴心惊胆战。

"孙呢?"金福一走进前厅便喊道。前厅两侧开着通往各厅房的房门,金福的呼喊显得有些不耐烦。

"孙!"王重复叫道。他苦口婆心的忠告和斥责在这个不知悔悟的仆人身上从来都不见效果。

"让人去找孙,把他给我带来!"金福对管家说,管家让他的手下统统出去寻找那个不见人影的家伙。

厅里只剩下了王和金福。

"明智,"这时,哲人说道,"要求回家的旅行者略事休息。"

"那就明智行事吧!"王的先生简单地答道。

说着,金福握了握哲人的手,向他的套间走去。王则向自己的卧房走去。

只剩下金福一个人之后,他平躺在一张欧洲制造的柔软的长沙发上。中国的绒毯工绝对做不出如此舒适的软垫。他在沙发上陷入遐想。是在思索和即将成为他终身伴侣的美丽可人的女子的婚事吗?是的,这也不奇怪,因为,他即日便要启程去见她了。没错,这位可亲可爱的人儿不住在上海。她寓居北京,而金福甚至想到,他一到上海就该通知她自己不日即到天朝帝国的国都。即便他显现出某种欲望,显得有点急着想再见到她,也没有什么不得体的地方。确凿无疑,他对她感受到一种真情实意!王按照不容置辩的逻辑法则,清楚地向他指出了这一点,并且说,在他的生活中引进这个新的因素或许能辟出蹊径,释出未尝经历的……也就是说幸福……如此……这般……

金福已经心驰神往,合上了双眼,要不是右手有一种痒痒的感觉,他慢慢地都要睡着了。他的手本能地合拢,抓住一个有节疤的圆柱体,大小挺合手,肯定是他使惯了的东西。

金福不可能搞错:塞进他右手的是一根藤条,同时,他听到低声下气地说出的这句话:"先生什么时候想要都行!"

金福挺起身子,出于一个极为自然的动作,举起惩罚用的藤条。

孙站在他面前,微微弯腰,摆出受刑的姿态,露出脊背。他一只手支撑在卧房的地毯上,另一只手举着一封信。

"你终于来了啊！"金福说。

"哎哟哟！"孙答道，"我原以为主人要三天后才回来！请先生责罚！"

金福把藤条往地上一扔。孙本来就蜡黄的脸色这时变得煞白！

"如果说你没有别的解释就呈上你的脊背，"主人说，"说明你该接受更胜于藤条的惩罚！那是什么？"

"这封信啊！……"

"快说！"金福拿起孙递给他的信，喊道。

"我忘了在您去广州前交给您了！"

"拖了一个礼拜，浑蛋！"

"我错了，东家！"

"上这儿来！"

"我就像一只没脚蟹，爬不动了！哎哟！"最后的那声哎哟是绝望的呼喊。金福抓住孙的辫子，用锋利的剪子一刀便剪去了他的辫梢。

我们真得相信遭遇不测的螃蟹，它的脚瞬时间就会再长出来。因为，孙敏捷地跑了，没忘掉捡起地毯上他那段宝贵的无用之物。

孙的尾巴从五十七厘米减少到了五十四厘米。

金福重又变得十分平静，倒身在长沙发上，他根本就不急着看这封拖延了一个礼拜的信。他并不怪孙的粗心大意，不在乎拖延了几天。一封随便什么的信函有什么值得大惊小怪的？它要能造成他的喜怒哀乐，那才是受欢迎的。造成他的喜怒哀乐，怎么可能？

然而，他还是漫不经心地看了。

用上浆布做成的信封，在地址和反面贴有几张酒红色和巧克力色的邮票，在一个人像下还有一些数字，标着二和六百。

这表明信来自美利坚合众国。

"行！"金福耸了耸肩膀说，"一封我在旧金山的银行代理来的信！"

"我就像一只没脚蟹,爬不动了!哎哟!"

最后的那声哎哟是绝望的呼喊。金福抓住孙的辫子,用锋利的剪子一刀便剪去了他的辫梢。

他把信丢在沙发角上。确实,他那代理能告知他什么东西?几乎构成他全部财产的证券安安稳稳地在加利福尼亚中央银行睡大觉,他的股票涨了百分之十五或二十,今年分配的红利将超过去年,等等!

多几千或者少几千美元实在不足以打动他的心!

然而,几分钟后,金福重又拿起那封信,机械地撕开信封,可他不是读信,而只是搜寻信里的签字。

"这正是我的代理写来的,"他说,"他无非是要跟我说些交易上的事儿!交易的事情明天再说吧!"

说着,他又要把信丢在一边,恰在此时,他的目光被第二页上划了好几道杠杠的一个词所吸引。这个词是负债,显然,他在旧金山的代理想要吸引他上海的客户的注意。

这时,金福重又拿过信来,不无好奇感地从第一行读到最后一行。这封信将让他感到惊讶了。

有一时,他的双眉皱了起来,然而,当他把信读完后,他的唇边露出倨傲的一笑。

这时,金福站起身,在房间里走了二十来步,有一时走近了把他和王直接连通的通话管。他甚至拿起话筒靠近嘴边,正要响起呼叫的哨声;可他改变了主意,搁下蛇形的橡皮管,回去躺倒在长沙发上。

"啵!"他发出一声。

金福的全部心思便在这一声里。

"那她呢!"他嗫嚅道,"这一切对她的影响更胜于对我的影响啊!"

这时,他走近漆器小桌子,桌子上放着一个长方形盒子,贵重的盒子雕镂精美。然而,在要打开盒子的时候,他的手停了下来。

"她最近那封信对我说了些什么?"他喃喃自语。

说着,他没有揭开盒子盖,而是按下钉在一头的弹簧。

当即,让人听到一个甜美的嗓音:

"我的小哥哥啊!对你来说,我不再像正月的梅花,二月的杏花,三月的桃花了嘛!我亲爱的宝石心,我一千次一万次地问候你!……"

留声机重复的温柔的话语出自一个年轻女子之口。

"可怜的小妹妹啊!"金福说道。

接着,他打开盒子,从机器里抽出一张刻着曲曲弯弯纹路的纸,正是这张纸刚才播出远方录下的抑扬顿挫的声音,然后,用另一张取而代之。

当时的留声机已经完善到了这种程度,只要大声说话,就能在薄膜上留下印记,由钟表机械带动的滚筒在机器里的纸上录下所说的话语。

就这样,金福讲了一分钟左右。在他始终平静的声音里,我们能够辨认出表明他思想的欢乐或悲哀的某种情绪。

就三四句话,再没有多的,金福就说了这些。说完后,金福停下留声机的运作,抽出专门用纸,薄膜带动的针尖已经在上面刻下和他说的话相应的歪斜的纹路。然后,他把这张纸装进信封,封上口,从右往左写上下面的地址:

北京

杉呱大街

雷鸥女士。

一声电铃当即唤来了负责通信的仆人。给他的指令是立即把这封信送去邮局。

一小时后,金福睡着了,怀里紧紧地抱着"竹夫人",这是一种竹子编成的枕头样的东西,用来给中国人睡觉时保持平均温度,在炎热地带颇受欢迎。

第5章　雷鸥收到一封她情愿不要收到的信

"你还是没有我的信吗?"

"没有啊,太太!"

"我觉得时间过得真慢,大娘!"

这一天,妩媚迷人的雷鸥在她北京杉呱大街寓所的小客厅里,已经这样问过十次了。"大娘"是中国人经常用来对上了年纪的女用人的称呼;而回她话的那个大娘是喜欢嘀咕的讨人嫌的南小姐。

雷鸥十八岁嫁给一个参加著名的《四库全书》[①]编纂的翰林院士。这位学者年龄长她一倍,不相匹配的结合后三年便去世了。

因此,年轻的寡妇不到二十一岁就独守空房。金福便是在那个时候,去北京旅行期间看到她的。王认识雷鸥,他把自己处世淡漠的学生的注意力引向这位迷人的少妇。金福逐渐禁不住希望成为漂亮寡妇的夫君能改变他的生活状态。雷鸥对向她做出的求亲也不无感受。就这样,让哲人感到最为满意的婚事定了下来,婚礼将在金福对上海的事情做出必要的安排后返回北京时举办。

在天朝帝国,寡妇再嫁可不多见——不是因为她们不愿意,不像她

[①] "这部著作从1773年开始编起,应该包括有十六万卷,现在还只是编到第七万八千七百三十八卷。"以上是作者的原注。实际上这部书已于乾隆四十六年完成,共七万九千三百三十七卷。参加这部书编纂的文臣、学者、书手达四千之众。

们在西方土地上的同类妇女,而是因为这种愿望很难被人们接受。如果说金福对这种俗念是一个例外,那是因为,就像我们知道的,金福是个另类。雷鸥再嫁后,她便无权从"牌坊"下面过去。这是当时皇帝为表彰那些为已故的丈夫守孝而出名的女人,让人建起的纪念性牌坊。例如,再也不愿意离开丈夫坟墓的宋寡妇,砍掉自己一条手臂的孔江寡妇,为表示对亡人的哀悼而毁容的元香寡妇。可是,雷鸥觉得自己二十岁的生命还有更好的事情可做。她将再次开始三从四德的日子,这是中国家庭里妇女的全部作为,拒不议论外界的事情,按照《礼记》关于家庭操行和《内助篇》关于婚姻义务的教训行事,最后重新找回妻室享有的这种尊敬。在上层社会,妻子绝不是奴婢,不像普遍认为的那样。所以,聪颖、有教养的雷鸥,清楚自己在富裕的厌世者的生活中将持有的地位,感到一种欲望正吸引她向他而去,这种欲望便是为他证明尘世间存在着幸福,她全身心地顺从于新的命运。

翰林院士死后把年轻的寡妇留在虽说清贫,却属小康的家境中。杉呱大街的房子简朴,全部仆役就只有恼人的南女士。然而,雷鸥生性随和,尚能接受这种令人遗憾的举止。这可不是中华帝国的仆役们所共有的。

少妇最喜欢待在她的小客厅里。那里的陈设本来似乎该十分简陋,若不是整整两个月以来,从上海寄来了那些珍贵的礼物的话。墙上挂着一些名画,其中有老画家桓泽楠①的一幅杰作,在诸多完全中国风格的水

---

① 大师们的名声,因为某些传统而一直远播到我们这里,即从流传的轶事奇闻便值得我们注意。例如,传说三世纪时,有一位画家叫曹蒲颖,他给皇帝画了一道屏风,画完后,出于逗趣,他在一些地方画了几只苍蝇,他很满意地看到圣上拿起手绢要去赶苍蝇。主要活动时期在一千年的桓泽楠也一样有名。他受命为皇宫的一个殿堂作壁画,他画了好几只锦鸡。这时,有几位外国使者,作为礼物给皇帝带来几头鹰隼,他们被带进了这个殿堂。那些猛禽先没有看清这是画在墙上的锦鸡,飞扑上去,结果撞破了脑袋却没能满足它们贪婪的本性。——J.汤普逊《中国游记》。

彩画中间，肯定能引起识货者的注意。这些水彩画上画着绿色的马匹，紫色的狗和蓝色的树，应是本地某些现代艺术家的作品。在一张漆器方桌上，像张开翅膀的巨型蝴蝶般，陈放着几把来自著名的汕头画派的扇子。从一只陶瓷吊篮垂下手工花漂亮的花彩，这些手工花是用台湾岛出产的"阿拉伯莎草纸"的精品精湛制作而成。与喷吐在精雕细琢的木花几上的白莲花、黄菊花、日本的红百合争鲜斗艳。在所有这一切上，竹编的窗帘让光线变得比较柔和，可以说，太阳光在这里经过了筛选。由大片大片的鹰羽做成的一道华丽的屏风，羽毛上的斑点安排得极富艺术性，勾勒出一朵巨大的牡丹——中华帝国美的象征。两个宝塔状的大鸟笼，关着几只印度的鸟儿，绚丽夺目得像万花筒。几只风力"铁琴"，上面的玻璃板在微风里颤动。总之，许许多多让人联想远方情人的东西，完成了这个小客厅奇特的陈设。

"南，还是没有信吗？"

"没有啊！夫人，还是没有啊！"

这位年轻的雷鸥是个姿色迷人的少妇。即便是在欧洲人眼里她也很漂亮，肤色白皙而不泛黄，目光温柔的双眼向两鬓微微上翘，乌黑的秀发上用绿玉簪固定，插着几朵桃花，牙齿又细又白，眉毛用墨十分细致地描过。她不像一般天朝帝国的美女们那样上妆。她脸上不搽蜂蜜和西班牙白粉，下唇也不用胭脂红小圆片，两只眼睛之间不描垂直的细纹路，不用任何化妆品。而在宫廷里，为这些化妆品每年得花上一千万铜板呢。年轻的寡妇要这些人造的配料何用之有。她很少走出杉呱街的寓所。因此，尽可不去顾及中国妇女出门便要用上的那张假面具。

至于雷鸥的衣着，再没有比她打扮得更朴素更雅致的了。一条开四个衩的长裙，绣着宽宽的花边。长裙里是一条褶裙，上身系着抹胸，装饰着金丝饰带。一条束着腰带的长裤，裤脚扎紧在南京绸的袜子上。漂亮的绣花鞋上镶着珍珠。再加上一双柔嫩的纤手,留着粉红色的长指甲,修剪得十分艺术雅致,套在银质的小套子里。这位年轻的寡妇再也不需要别的什么就已经妩媚到了极点。

而她的那双脚呢?她的脚很小巧,不是由那种野蛮的裹脚的风俗造成的变形,这种风俗谢天谢地正趋于消亡,而是它们生来如此。这种风气已经持续了七百年之久,它的始作俑者很可能是一个有残疾的公主。最为通常的实施方法是把四个脚趾弯曲到脚掌下,只留下完整的脚跟,导致小腿像一个圆锥立柱,完全不能行走,使之极易感染流血。这种做法,即便是像人们所可能以为的那样,为了免除丈夫的猜疑,都没有存在的理由。因此,自大清朝建起之日以来,它已日逐消失。现在,在中国女性中,十个不到三个从幼童时期起还在遭受这种将导致其双脚畸形的痛苦的酷刑。

"今天还没有信来是不可能的!"雷鸥又说道,"大娘,还是去看看吧。"

"全都看了!"南小姐回道,态度很不礼貌,咕哝着走出房间。

于是,雷鸥想用做事来略作消遣。她思念的却仍然是金福,因为她的活计就是给他绣一双布鞋。在中国的家庭生活中,做鞋几乎都是女人的事情,不管她属于哪个阶层。然而,不一会儿,她放下了手中的活计。她站起身,从一个糖果盒里拿起两三颗瓜子,用她的细牙嗑得噼啪响,然后,她打开一本书——《女经》,这是一个忠贞的妻子应该经常阅读的训诫典籍。

犹如一年之计在于春,一日之计在于晨。
清明即起,不可贪恋温馨的睡眠。
你要照料桑麻。

"今天还没有信来是不可能的!"雷鸥又说道,"大娘,还是去看看吧。"
　　"全都看了!"南小姐回道,态度很不礼貌,咕哝着走出房间。

勤于纺丝织布。

女子之德在于勤俭。

让邻里对你交口赞誉……

书很快就合上了。温柔的雷鸥对读了些什么压根儿没往心里去。

"他在哪儿？"她思虑道，"他应该去了广州！回上海了没有？什么时候才能到北京？海上是不是一帆风顺？愿观音菩萨保佑他平平安安！"

不安的少妇念叨着。接着，她的双眸不经意地落到一张桌毯上。这张桌毯是由许多碎布片艺术地拼成的，像似葡萄牙流行的拼花布，上面画着鸳鸯和它的一家，夫唱妇随的象征。最后，她走近一个花几，随手采下一朵鲜花。

"啊！"她说道，"这不是象征春天、青春和欢乐的绿柳花！这是黄菊，秋天和悲伤的象征！"

她想要抵御现在已经蔓延到她整个身心的焦虑。她的琵琶便在那儿，她的手指拨动琴弦，唇齿间低吟出《合手》起始的几句歌词，可她唱不下去了。

"他的那些来信，"她想道，"从来都没有迟到过！我读着读着，心灵为之所动！或者说，不是呈现在我眼前的一行行字句，而是，我能直接听到他的声音！这台机器在那儿对我说话，仿佛他就在我的身边！"

想到此，雷鸥望着放在一张油漆小桌子上的留声机，这一台和金福在上海使用的那台完全一样。就这样，两个人便能互相听到，或者应该说听到对方的声音，尽管遥隔数千里……然而，都几天了，今天又是，这台机器一直默不作声，远方的人在想些什么，它一个字都不说。

此时，大娘走了进来。

"来了，您的信！"她说。

南交给她一封盖着上海邮戳的信便出去了。

少妇唇上露出一抹笑意。她的双眸放射出明亮的光芒。她急急撕开信封,不像往常那样,她先要观赏一番。

信封里装的不是一封信,而是一页上面刻着斜向纹路的纸,把它对准,放在留声机里,就能播放出录下的抑扬顿挫的声音。

"啊!这样子的我更喜欢!"雷鸥欢快地嚷道,"我至少能听到他的声音!"

纸被放在留声机的滚筒上,钟表机械当即使它转动起来,雷鸥把她的耳朵凑上前去,听到一个熟悉的声音:

小妹妹,破产像秋风扫落叶,带走了我的财产!我不想因为与我的苦难相结合造成又一个悲惨的人!忘掉这个遭到万般苦难打击的人吧!

你的绝望的金福!

这对少妇是多大的打击啊!现在,等待着她的是一种比黄连还要苦的生活。是的!金风带走她心仪的男人的财富,也带走了她最后的希望!金福对她的爱就这样一去不复返了!啊,可怜的雷鸥!她就像断了线的风筝,掉到地上粉身碎骨了!

南听到叫声,走进房来,她耸耸肩,把她的女主人扶到"炕"上。然而,尽管这是一种人工取暖,下面烧着火的床,惨遭厄运的雷鸥还是觉得这张床冰冷冰冷的!这一晚上的五个更次对她可是漫长得难熬啊!

信封里装的不是一封信，而是一页上面刻着斜向纹路的纸，把它对准，放在留声机里，就能播放出录下的抑扬顿挫的声音。

第6章 看了这一章,读者也许会想去百年公司的办公室转一转

第二天,对世间万物全然无视的金福始终不改初衷,独自离开了他的寓所。他还是迈着不紧不慢的步子,顺着小溪的右岸走去。到达那座连接英租界和美租界的木桥。他过河,走向一栋矗立在传教团教堂和美国领事馆之间外观相当漂亮的房子。

在这栋房子的三角楣上,展开一块长长的铜牌,铜牌上用墓碑上的那种字体刻着:

百　年

人寿保险公司

担保资金:二千万美元

主管代理人:威廉·J.比杜尔夫

金福推开大门,里面第二道门上包着填充料,进去后便是个办公室。办公室仅由一道低矮的护栏隔成两小间,几个文件架,一些镍搭扣图书,一个能自我保护的美国保险箱,两三张桌子,桌子边工作着代理处的职员,一个为尊敬的威廉·J.比杜尔夫先生专用的复杂的写字台,这些便是这个办公室的全部家具。它仿佛属于百老汇的某家公司,而不是建

造在吴淞口的一个住宅。

威廉·J.比杜尔夫是火险和人寿保险公司的中国区的主管代理人,公司总部在芝加哥。百年——好名称,肯定能招徕顾客。百年公司在美国非常有名,在全世界五大城市都设有分公司和代表处。由于它的章程条例订立得十分大胆和灵活,使它保险的项目很全面,它的业务做得很大很成功。

所以,天朝臣民们也顺应这股现代的思想潮流,使诸如此类的公司赚得钵满盆满。中华帝国的许多公司都保了火险,而带有包含着种种复杂组合的人身保险合同也不乏中国人的签名。百年公司的招牌已经展现在上海人的门楣上,其中就有金福富丽堂皇的家门的那些壁柱。因此,哲人王的学生去见可尊敬的威廉·J.比杜尔夫阁下,目的不在于保火险。

"比杜尔夫先生?"他进门问道。

威廉·J.比杜尔夫便在那儿。"其本人"——就像自己操作的摄影师,随时准备为公众效劳——一个五十岁的男子,一丝不苟地穿着黑色的西服,打着白色的领带,留着大胡子,但不留上髭,很是美国风范。

"请问阁下是谁?"威廉·J.比杜尔夫问道。

"金福,上海的。"

"金福先生!……百年公司的顾客之一……保单号二万七千二百……"

"正是在下。"

"我真幸运,先生,您需要我效劳吗?"

"我想和您单独谈一谈。"金福答道。

这二位之间的谈话进行得非常轻松,因为,威廉·J.比杜尔夫的中文讲得和金福的英文一样流利。

富裕的顾客按照他当受到的尊重被礼请进一个小房间,双重房门,房里挂满厚重的窗帘壁毯。在这个房间里,就算是密谋推翻清王朝都不用怕隔墙有耳,被天朝帝国最精明的"地保"听见。

"先生,"金福在用煤气取暖的壁炉前的一张摇椅上坐下,开口说道,"我想和贵公司签约,担保我死后保金的偿付,待会儿我再告诉您保金的总额。"

"先生,再没有比这更简单的事儿了。在一份保单的下面,签署两个名字,您的和我的,保险手续就办成了,在这之前,先要完成一些准备性的程序。只是,先生……请允许我提这么个问题……您难道想年纪轻轻的就死去?不过,这种愿望也挺自然?"

"为什么?"金福问道,"最常见的,人寿保险说明投保人心里惧怕不日即将死亡……"

"哦,先生!"威廉·J.比杜尔夫带着世上最严肃的神情答道,"这种恐惧绝不会出现在百年公司的顾客心上!百年这个名字不正表明了这一点吗?请您原谅,我们的投保人很少有没活过一百岁的!……很少……非常少!……为了他们的利益,我们会不得不夺走他们的生命!可见,我们的业务干得棒极了!所以,先生,勿谓言之不预也,在百年投保,那就差不多可以肯定终将成全自我!"

"啊!"金福用冷漠的目光望着威廉·J.比杜尔夫,平静地说道。

主管代理人神色一本正经得像个部长,压根儿不像在开玩笑。

"不管怎样,"金福接着说道,"我想给自己投保二十万美元①。"

"我们说保金二十万美元。"威廉·J.比杜尔夫答道。

说着,他在一个小本本上记下这个数字,数目之巨大都没让他皱一

---

① 当时合一百万法郎。

下眉头。

"您知道,"他补充说明,"如果被保险人因为合同受益人的行为而失去生命,那么,保险则属无效,而已经付出的保险费,不管数额多少,仍归公司所有。"

"这我知道。"

"那么,亲爱的先生,您打算保什么险呢?"

"所有的都保。"

"陆地上或海上的旅行险,以及在天朝帝国境外的逗留险?"

"是的。"

"司法判决险?"

"是的。"

"决斗险?"

"是的。"

"兵役险?"

"是的。"

"这样的话,附加保险费将很高。"

"该付多少我照付。"

"行。"

"可是,"金福补充道,"还有一种很重要的险您没有说。"

"什么险?"

"自杀。我相信公司的章程规定自杀险也在允许之列?"

"完全允许,先生,完全允许,"威廉·J.比杜尔夫搓着双手答道,"对我们来说,这甚至是一个极好的利润源!您完全能够理解,我们的顾客一般都很在乎生命,那些出于过度谨慎办了自杀险的人,从来就没有一个自杀的。"

"没有关系，"金福答道，"出于个人的原因，我还想保这种险。"

"随您的便吧，只是保险费将十分高昂！"

"我再对您说一遍，该付多少我照付。"

"好嘞。这么说，有以下各项，"威廉·J.比杜尔夫一边继续在他的小本本上记录，一边说道，"航海险、旅行险、自杀险……"

"那么，在这种情况下，该付的保险费总额是多少？"金福问道。

"亲爱的先生，"主管代理人答道，"我们的保险费是凭借数学的精确性计算出来的，它们关系到公司的信誉。它们不再像过去那样建立在狄威拉尔的那些一览表上……您知道狄威拉尔吗？"

"我不知道狄威拉尔。"

"一位杰出的统计学家，只是，已经属于过去了……都过去那么久了，他都已经死了。在他建起那些著名的一览表的时代，生活的平均水平低于现在的平均水平，因为万物都在进步，而现在的大多数欧洲公司，十分落后，却还在把它们用作保险费的计量表。我们建立在较高的水平上，因而，更有利于投保人，投保人缴费低廉，活得更长久……"

"我的保险费总额是多少？"金福又问了一次，他真想让这位口若悬河的代理人停下来，这个不放过任何机会要为百年公司吹嘘一番的代理人。

"先生，"威廉·J.比杜尔夫答道，"我不揣冒昧，请问您贵庚？"

"三十一岁。"

"那好，三十一岁，如果保的就是那些普通险，在任何一家公司，您需要付的费用是百分之二点八三。然而，在百年公司只是二点七零，这样，对一笔二十万美元的本金而言，每年是五千四百美元。"

"那么，在我想要的这种情况下呢？"金福问道。

"保所有的险种，包括自杀险吗？……"

"首先是自杀险。"

"我的保险费总额是多少？"金福又问了一次，他真想让这位口若悬河的代理人停下来，这个不放过任何机会要为百年公司吹嘘一番的代理人。

"先生，"威廉·J.比杜尔夫一边用可亲可爱的口吻说，一边查找印在小本本最后一页的列表，然后说，"我们最低收取不少于百分之二十五才能给您办理。"

"那是多少？……"

"五万美元。"

"我该怎么向您缴纳这笔保险费呢？"

"全款，或者按月分别缴纳，随投保人的便。"

"前两个月一共要交多少？……"

"八千三百三十二美元，这笔钱，亲爱的先生，您要是今天缴纳，今天是四月三十日，将能管到今年的六月三十日。"

"先生，"金福说，"这办法对我合适。这便是前两个月的保险费。"

他从口袋里掏出厚厚一叠美元，放在桌子上。

"好的……先生……很好！"威廉·J.比杜尔夫道，"只是，在签署这份保单之前，还需要走个手续。"

"什么手续？"

"您得接受公司医生的体检。"

"体检干什么？"

"以确定您身体是否很健康，有没有什么会缩短您寿命的疾病，总之，您能否给予我们您长命百岁的保证。"

"这又何用之有？既然我连决斗险和自杀险都保了。"金福指出。

"唉，亲爱的先生，"威廉·J.比杜尔夫始终笑容可掬地答道，"一种处于萌芽状态的，几个月后就会带走您生命的疾病会让我们付出整整二十万美元的代价呢！"

"我想，我的自杀也会让你们付出这个代价吧？"

"亲爱的先生，"和蔼可亲的主管代理人握住金福的手，轻轻地拍了拍,答道,"我已经有幸对您说过,我们的顾客,保了自杀险的,从来没人自杀过。再说,也不禁止我们对他们进行监护啊……噢,当然是以最为谨慎的方式进行的!"

"啊!"金福说。

"我再说一句,作为在下个人的浅见,在百年公司所有的顾客中,恰恰是他们交付保险费的时间最长。喏,我们俩私下说说,富裕的金福先生干吗要自杀啊?"

"那富裕的金福先生干吗要投保呢?"

"哦!"威廉·J.比杜尔夫答道,"为了以百年公司客户的身份,能长命百岁!"

他跟这家著名公司的主管代理人再也没有什么可以讨论下去的了。这位主管对自己所说的一切如此肯定!

"那现在说说,"主管补充道,"这个二十万美元的保险为谁的利益而立?合同受益人是谁?"

"有两个受益人。"金福答道。

"平均分配吗?"

"不,不平均分配。一个五万美元,另一个十五万美元。"

"我们先说五万美元的是……"

"王先生。"

"哲人王?"

"正是他。"

"那么,十五万的呢?"

"雷鸥夫人,在北京。"

"北京的!"威廉·J.比杜尔夫补充道。说着,他登记完权利所有者的名字。

然后，他又问:"雷鸥夫人多大年龄?"

"二十一岁。"金福答道。

"哦!"代理人说,"还是一位年轻的女士,可当她拿到这笔保险金额的时候,她将够老的了!"

"请问,为什么?"

"因为,您将活过一百岁,亲爱的先生。那位哲人王呢?……"

"五十五岁!"

"这么说,这位可爱的先生,肯定,他就永远都拿不到了!"

"走着瞧吧,先生!"

"先生,如果我在五十五岁上成了一个三十一岁的男人的继承人,他要到一百来岁才死,我可不会头脑简单到指望他的遗产。"

"愿为您效劳,先生。"金福一边说,一边朝小房间的门口走去。

"我也愿为您效劳!"威廉·J.比杜尔夫答道,他向百年公司的新客户鞠躬。

第二天,公司的医生对金福作了例行体检。体检报告写道:"铁的身板,钢的肌肉,管风琴风箱似的肺。"没有任何东西阻止公司和身强力壮如斯的投保人签署合同。这一天,保单就签了下来,一方是金福,受益人是年轻的寡妇雷鸥和哲人王,另一方是威廉·J.比杜尔夫,百年公司的代表。

除非出现极不可能的情况,在公司通知他们领取这份保险金——前百万富翁的最后一次慷慨赠予之前,雷鸥和王都绝不会得知金福刚才为他们做了什么。

第7章　这里说的若不是天朝帝国的习俗,则太悲哀了

不管威廉·J.比杜尔夫能作何说法和想法,反正百年公司的钱柜是打老底儿里遭到了严重的威胁。确实,金福的计划不像是有些人做的,思虑再三,执行时却一拖再拖。王的学生彻底破产后,明确地决定一了百了,结束一个即便在富裕的时候都只能给予他悲哀和厌烦的生命。

孙迟了一个星期交给他的那封信来自旧金山。信里通知他加利福尼亚中央银行中止支付。而我们知道,金福的财富几乎全部由这个著名银行的股份组成,而且这些股份直至那时都如此坚挺。然而,没有什么可怀疑的。不管这条消息能显得怎样的靠不住,很不幸,它却是千真万确的。加利福尼亚中央银行中止支付的消息刚从抵达上海的那些报纸上得以确认。银行已经宣布倒闭。金福完全彻底地破产了。

真的,除了这家银行的股份,金福还有什么?一无所有,或者说几乎一无所有。他上海的豪宅,要出售几乎是不可能的,只能为他提供不足的经济来源。八千美元付给百年公司的银库后,他当天就卖掉了天津轮船公司的一些股份,所得款项仅够得体地完成最后的那些事情,这便是他现在的全部财产。

一个西方人,一个法国人,一个美国人也许会逆来顺受,接受这种新的处境,在工作中寻求重组新的生活。天朝人却会觉得自己有权作迥然

不同的考虑，采取别样的行动。这便是作为真正的中国人的金福即将采取的自愿的死亡，没有意识上的紊乱，以此作为摆脱世事的方法，并且怀着作为黄种人特征的那种典型的置生死于度外的信念。

中国人只有被动的勇气，然而，他们拥有的这种勇气达到了最高程度。他们对死亡的无所谓真是不同寻常。病倒了，他们望着死亡降临毫不软弱。判处极刑，刽子手马上要行刑，他们脸上不见一丝恐惧。公开处决是那么频繁，天朝帝国死刑的级别包括诸多可怕的酷刑，这些东西早就为天朝子孙们习以为常，他们的思想决定他们能毫不留恋地抛开人世间的一切。

所以，我们不必惊讶，在每家每户，关于死亡的思考是日常的话题，不少交谈以此为主要内容。生活中最普通的行为都无不有它的存在。对祖先的祭拜直至最贫困的人家里都能见到。哪个大宅院里不保留着一个家庭小教堂似的地方，哪个茅草棚里不留个角落陈放先人的纪念物，祭祀亡人的日子便在每年的第二个月。这便是为什么我们发现，在同一个商铺里既出售婴儿睡的摇篮、婚礼用的花篮，又能买到同属中国商贸常见货物的大小不等的整套棺材。

购买一口棺材也确实是天朝人最操心的大事之一。在祖辈的房屋里如果没有棺材，那么，家具就不算完整。儿子把给尚且活着的父亲送上一口棺材视作自己的责任。这是令人感动的孝心的明证。这口棺材放在一个专门的房间里。他们加以装饰、维护，而且，即在放进死者的遗骸后，往往还要在那里虔诚地保留好几年。总而言之，对死者的尊敬构成中国信仰的根本，有助于密切家人间的关系。

所以，金福——有鉴于他的禀性——该比其他人更早地，平心静气地面对结束自己的生命的想法。他已经保证了他的情感所归属的两个人的未来。现在还有什么不放心的！一点都没有了。自杀都不会让他感到疚责。在西方的文明国度里被视作犯罪的事情，在东亚这种奇怪的文明里成了合情合理的行为。

就这样,金福决心已定,任何外来的影响都不可能让他放弃实施他的计划,就连哲人王的影响都不行。

再者,王绝对不可能知道他学生的意图。孙知道的也并不多一些,他只注意到一件事,那便是,金福自回来后,对他日常所干的傻事变得宽容些了。

孙对他的看法肯定在改变,他也不可能找到更好的东家了,而现在,他那条宝贵的尾巴一跳一跳地处于新的安全系数之中。

有一句中国话说:

"要想在人世间过得舒坦,就得活在广州,死在柳州。"

确实,在广州,我们能够找到生活的诸多美好丰腴的享受,而柳州则出产最好的棺木。

金福不可能错失在好商号里预定他的货物,让他最后歇息的这张床及时运到。寿终正寝是善知生活的天朝人始终关心的大事。

同时,金福让人买来一只白羽公鸡,众所周知,白羽公鸡的特性是能让游魂附体,这些游魂在飞舞中会抓住构成中国人灵魂的七魄之一。

可见,如果说哲人王的学生对生活中的细节全无所谓,可对死亡的细节却并不是那么不在乎。

做完这些事情以后,他便只剩下编写葬礼的程式了。因此,就在那一天,一张漂亮的所谓米纸上——其实,这种纸的制作中压根儿就没有用上大米——写下了金福最后的心愿。

他把上海的寓所留给年轻的寡妇,把一幅太平天国天王的画像留给哲人,哲人每次看到这幅像都要满怀敬意地望着,全部赠予不影响百年保险的金额。金福以坚定的笔画写下将参加他葬礼的人们先后行走的顺序。

首先,由于他已经没有了父母,由他尚且拥有的部分朋友走在送葬行列的最前面，他们将全部穿白衣服，这是天朝帝国服丧的颜色。沿着道路两侧，排开双行葬礼仆从，一直排到在上海乡下早已建起的坟墓。他们将手执各种不同的殡葬用品，蓝色的大阳伞、戟、权杖、绸屏、写着仪式细节的告示，这些仆从身穿黑色的大袍，腰上束一条白带子，头上戴红色羽饰的黑毡帽。在第一拨朋友的后面走着一名引魂者，从头到脚一身猩红，敲着锣，走在亡人遗像的前面，遗像倾斜，装在装饰华丽的框架似的东西里，接着走来的是第二拨朋友，他们将每隔一段时间昏厥一次，倒在为此准备好的垫子上。最后是一群年轻人，走在一个蓝色和金色的华盖下，沿途抛撒像铜板那样中间打了洞的白色小纸片，这些纸片用来打发沿途企图混入行列的恶鬼。

这时出现的是灵柩台，这是一顶巨大的轿子，张挂着绣有金龙的紫色缎子，由五十名仆从用肩扛起，走在两行和尚中间。身穿灰色、红色和黄色祭披的僧侣念着往生咒，中间夹着雷鸣般的锣声，尖锐刺耳的笛子声和六尺长的喇叭响亮的吹奏声。

最后走来的是蒙上白布的送灵车队，由它们结束这支奢华的队伍，其费用将耗尽富裕的亡人最后的那点钱财。

总的说来，这样的程序并没有什么不寻常的地方。这个阶层的许多葬礼穿行在广州、上海或北京的街市上，天朝的人们所看到的无非是向已经作古的人尽合乎情理的礼数。

10月20日，从柳州发出的一个大箱子，按金福的地址运到他在上海的寓所。箱子里装的是包装得十分仔细的、应时定做的棺材。不管是王、孙，还是衙门里的哪个仆役都不会为此感到惊讶。我们再说一遍，没有一个中国人不希望在活着的时候就拥有将用于他长眠的床铺。

这口棺材——柳州制作商的杰作——便放在"祖先的房间"里。在那里刷洗、上蜡、磨光，它恐怕得等很久，才能等到哲人王的学生自己用

最后走来的是蒙上白布的送灵车队,由它们结束这支奢华的队伍,其费用将耗尽富裕的亡人最后的那点钱财。

上它了……事实并非如此。金福的日子不长了,把他送进祠堂,计入祖先行列已为时不远。

确实,就在那天晚上,金福最终下定决心告别尘世。

那天白天,雷鸥的信到了,她芳心大乱。

年轻的寡妇把她仅有的那点财产交由金福使用。对她来说,金钱什么都不是!她可以完全不要!她爱他!除此之外,她还需要什么!生活条件差一些他们就不能幸福了吗?

这封洋溢着最真诚的情书都不能改变金福的决定。

"只有我的死亡能使她富裕。"他想。

剩下来便是决定在什么地方和怎样完成这个最终的行动了。在处理这些细节中,金福感到有某种乐趣。他深切地希望,在最后的时刻,能出现一点情感的波动,让他心跳,哪怕就那么短短一会儿都行!

在衙门的大墙内,矗立着四个漂亮的亭子,装饰得异想天开,彰显出中国装饰艺术家的才华。它们各冠有颇具意思的名字:"福亭",金福从不进去;"禄亭",他只是用最不屑的目光看看;"禧亭",亭子的各扇门从没见他踏进去过;"寿亭",他已决定把它拆掉了。

出于本能他选择了这个寿亭。他决定在夜色降临后把自己关在里面。第二天,别人将在那里找到他,那时他已经幸福地死去了。

地点定下来了,那么,怎么死呢?像日本人那样破肚开膛?像官员们那样用白绫腰带吊死?像古罗马的享乐主义者那样躺在浴池香汤里割脉?不行。这些方法首先是有点野蛮,会让他的朋友们、仆人们心里不痛快。一两颗鸦片,掺上剧毒的毒药应该足以把他从这个世界打发到另一个世界去,就像是被这样的一个梦带走似的,把他暂时的睡眠变成长眠,他甚至都毫无意识。

太阳已经开始沉落在地平线上,金福只剩下几个钟头好活了。他想在最后一次散步中再看看上海的农村和黄浦江的两岸,他曾有多少次在这里打发他的烦闷。这一整天,他竟至没见到王的人影儿,他独自一人走出衙门,等他回来后就再不从这儿走出去了。

英租界,小河上的木桥;法租界,他步履懒散地走了过去,甚至都不觉得在这人生的终极时刻需要加快步伐。沿着本地港口的码头,他绕过上海城墙,一直走到罗马天主教大教堂,教堂的穹顶高踞于南郊之上。这时,他朝右侧斜行,平静地登上去龙华宝塔的道路。

这是一片广袤平坦的田地,一直展开到闵谷边缘的那些绿树荫荫的小山岗。广阔的平原上沼泽甚多,农业技艺把它们改造成了水稻田。这里有一片渠道网,涨潮的时候会灌满了水,几个贫困的小村子,芦苇秆编成的墙上糊着黄泥巴,两三块小麦地为防止被水淹没高高耸起。沿着狭窄的小路,有许多狗,许多白色的羊羔、鸭子和鹅。当有人走过,打扰到它们的嬉戏,它们会撒开脚丫或张开翅膀赶紧逃跑。

这个农作物丰富的乡间,其风貌不会导致当地人的惊讶,却可能引起外乡人的注意,甚至反感。确实,到处陈放着棺材,成百上千,还不算隆起的土墩墩,黄土掩埋下的最终安葬的死者,人们只看见堆积起来的长方形木盒子,一座座棺材堆成的金字塔,像建筑工地上层层堆积的厚木板。在各城市周围的中国平原就是个广阔的坟场。死人和活人一样充斥着这片土地。有人声称,只要天子的龙座还被同一个王朝占据着,这些棺材就被禁止入土!而这些王朝无不持续了几个世纪。且不管这禁止是真是假,可以肯定的是,这些尸体,躺在它们的棺材里。这些棺材,有的漆上醒目的颜色;有的色泽黯淡,制作粗劣;有的新而漂亮;有的已经腐蚀剥落,等待着入土为安已有几年。

金福对这种状况已不至于感到惊奇。况且,他一路走去,并不观望周围有些什么。两个穿着西式服装的外国人从他走出寓所起一直跟着

两个穿着西式服装的外国人从他走出寓所起一直跟着他，都没有引起他的警觉。

他,都没有引起他的警觉。他没看到他们,虽然这两个人似乎绝不想失去他的踪迹。他们和他保持一定的距离。金福往前走,他们跟着,金福止步,他们停下。有时,他俩之间交换一个眼色,两三句话,而十分肯定的是,他们在那里正窥伺着他。他们中等个儿,年纪不超过三十岁,身手敏捷,形貌清晰,就像两条双目炯炯,脚步轻快的猎犬。

金福在乡间走了约莫一法里后,回头向黄浦江畔走去。

两条猎犬也当即跟上。

金福在回来的路上遇到两三个外观极为可怜的乞丐,他给了他们些施舍。

又往前走了一段路,遇上几个中国的天主教女信徒,她们是法国慈善嬷嬷为这种虔信献身的职业培训的女性。她们背着背篓,用这些背篓给育婴堂带回可怜的弃儿。人们确切地称她们是"捡孩子的女工"!而那些不幸的小不点儿不正像丢弃路边的破布烂衫吗!

金福把他钱袋里的钱统统倒给了那些爱德嬷嬷。

两个外国人对这种出自一个天朝人的行为显得相当惊讶。

夜色降临。金福回到上海的城墙下,走上码头边的道路。

水上人家还没有睡觉,呼喊声和歌声此起彼伏。

金福听了听。他乐于知道让他听到的最后的歌词说些什么。

一个年轻的船娘摇着橹穿行在昏暗的黄浦江上,歌声唱道:

  我的小船,色彩鲜艳,
    装饰着,
  千万朵花儿。
  我心醉神迷,等着他!
  他明天就能回返!

蓝色的神祇照看！
　　愿你的手护佑，
　　使他漫长的回程
　　　　变短！

"他明天就回来了！而我呢,明天,我将在哪儿?"金福摇摇头想道。
年轻的船娘接着唱道：

　　他去了远离我们的地方,
　　　　我想象,
　　一直到满洲人的山乡。
　　一直到长城脚下！
　　啊！我的心儿,常常
　　惊跳,当狂风刮起,
　　刮起,呼啸怒号,
　　而他走了,顶着
　　　　风暴！

金福始终聆听着,这一回,他什么都没说。船娘最后唱道：

　　你何必去追逐
　　　　财富？
　　你想死在远离我的地方？
　　三个月过去了啊！
　　来吧！和尚等着我们

一个年轻的船娘摇着橹穿行在昏暗的黄浦江上。

为我们的结合,结合为

凤与凰,我们的象征①。

来吧！回来吧！我深爱着你,

而你也爱我！

"是的！也许,"金福喃喃说道,"在这个世界上,财富不是一切！然而,生命并不值得我们尝试！"

半个小时以后,金福回到他的寓所。一直跟随他到家的两个外国人,不得不止步。

金福平静地走向寿亭,打开亭子门,进去后把门关上,独自一人待在一个小厅里,毛玻璃灯笼柔和的光线照亮了这个厅堂。

在一张用一整块玉做成的桌子上放着一个小盒子,里面装着几颗鸦片,混在一种致命的毒药里,一种"备用物",富裕的厌世者始终把它放在随手可取的地方。

金福拿起两颗鸦片,把它们放进一个红陶烟斗,这是鸦片吸食者通常使用的东西,然后准备点燃。

"怎么一回事！"他说,"我这就要一睡永不醒来了,可心里居然没一点波动！"

他踌躇片刻。

"不！"他嚷嚷道,说着丢下烟斗,烟斗在地板上破碎,"我想要这种临终的冲动,哪怕是等待的冲动！……我想感受它！我必将感受它！"

说着,金福离开亭子,以比平时快一些的步子,向哲人王的卧室走去。

---

① 在天朝帝国,凤和凰是婚姻的象征。

第8章　金福向王提出一个严肃的要求，王同样严肃地接受了

哲人还没有睡下。他躺在长沙发上，读着最近的一期《京报》。当他紧锁双眉的时候，毫无疑问，肯定是看到报上对当政的清王朝的阿谀奉承之词了。

金福推开门，走进房里，倒身在一张软椅上，然后，开门见山地说道："王，我来找你帮个忙。"

"一万个忙都行！"哲人随手丢下报纸，答道，"说吧，说吧，我的儿，但说无妨，不管是什么样的忙我都会帮你的！"

"我想请你帮的忙，"金福说，"是一个朋友只能帮一次的那种忙。帮完这个忙，王，余下那九千九百九十九个忙就算是都帮到了，我还得一提的是，你甚至等不到我对你说声谢谢。"

"能解释不可解释事物的最聪明的解释者都听不明白你在说些什么。怎么回事儿？"

"王，"金福说，"我破产了。"

"呵！呵！"哲人说话的口气，与其说是一个听到了坏消息的人，不如说像听到了好消息。

"我们从广州回来时我收到的那封信，"金福接着说，"知会我，加利福尼亚中央银行倒闭了。除了这个住所，加上千余美元，可供我生活一

两个月之外,我已经一无所有。"

"这么说,"王细细打量一番他的学生,问道,"现在在和我说话的不再是富裕的金福了?"

"而是贫困的金福,还是一个绝不害怕贫困的金福。"

"说得好,我的儿,"哲人站起身来说道,"可见,我耗时费力辛辛苦苦教给你的睿智都没丢!迄今为止,你只是浑浑噩噩地过一天算两个半天,没有兴味,没有激情,没有斗争!现在,你即将真正地活着了!未来变了!没事儿!孔夫子和他后来的《塔木德》①都说过,不幸总比我们担心的来得少!我们总算要为每天糊口的米粮奋斗了。《Nun-Schum》教导我们说:'生活中有高峰,也有低谷!财富的轮子不停地转动,春天的风却在变换!富裕或者贫困,尽到你的责任便是了!'我们这就出发?"

而王,确确实实,作为一个讲实际的哲人,早已准备离开这个奢华的豪宅了。

金福把他拦住了。

"我说了,"他接着说道,"贫困并不让我感到恐惧,可我得补充一句,这是因为我已经决定不去忍受贫困。"

"啊?"王说,"那你想怎样!……"

"一死了之。"

"死啊!"哲人平静地答道,"决定一死了之的人是丝毫不会把这想法透露给任何人的。"

"要不是我想,"金福以不逊色于哲人的平静接着说道,"至少,我的死该导致我第一次,也是最后一次激动吧,这事儿早办完了。可就在要吞服那些你知道的鸦片颗粒的当儿,我还是没什么心跳的感觉,就这样,

---

① 注释和讲解犹太教律法的著作,其地位仅次于《旧约》。

"死啊!"哲人平静地答道,"决定一死了之的人是丝毫不会把这想法透露给任何人的。"

我把毒药扔了,跑这儿找你来了。"

"于是,朋友,你就想让我们一起死?"王微笑着答道。

"不,"金福说,"我需要你活着!"

"为什么?"

"为了让你亲手杀了我!"

听到这出乎意料的要求,王连眼睛都没眨一下。然而,正面望着他的金福还是看到他眼眸中闪过一道亮光。是不是从前的太平军苏醒了?他的学生接下来要让他干的活计会不会在他心里引起一丝犹豫?十八年风霜雪月竟然未能掐死他年轻时代的血腥戾气!对收留他的恩公的儿子,他连一句劝解的话都没有说!他也不打个磕巴就同意帮他摆脱掉这个他不再想要的红尘!他,哲人王,他会这么做的!

然而,这道亮光一闪即逝。王重又露出平时的老实人的面相,也许只是显得稍稍严肃一点。

这时,他重又坐下。

"这就是你要我帮的忙?"他说道。

"是的,"金福答道,"而这个忙将让你偿清你所以为的欠庄侯和他儿子的全部感情债。"

"我该怎么做呢?"哲人只是问了句。

"从现在到6月25日,阴历六月的第二十八天——你听清楚了,王,我三十一岁的最后一天——我得结束我的生命!我得倒在你的手下,你的打击可以来自前面,或者后面,白天,或者晚上,不管在什么地方,不管用怎样的方式,站着,坐着,躺着,醒着或者睡着了,用铁器或者毒药,都行!我得在我生命尚存的,构成五十五天的八万分钟的每一分钟里都想到,我希望感到,我的生命会突然结束的恐惧!我得拥有下面的八万个激动,好让我在魂魄飞离的时候能够大叫一声:'我终于活过了!'"

金福一反常态,说这些话时有点兴奋。我们还注意到,他把生命的最后期限定在保单失效前六天。这是他谨慎的做法,因为,如果下一期保险费没交,日子迟了,就有可能让保险受益者的权利一无所得。

哲人严肃地听他诉说,时不时地朝太平天王的画像偷偷投去一瞥。这幅他现在还不知道将由他继承的画像就挂在他房里。

"你将承担起杀死我的义务,你不会在这个义务面前退缩吧?"金福问道。

王打了个手势,表示他还不至于如此!当他在太平天国的大旗下起事的时候,这样的人他见的多了去了!但他说,他还是想在允诺前把他的不同看法都说出来:

"这么说,你放弃了上帝为你保留的活到耄耋之年的机会!"

"我放弃了。"

"不后悔?"

"不后悔!"金福答道,"活到老朽!像有些木头块那样再也不能雕琢!这是我有钱的时候就不想要的。穷了,我更不想要了!"

"北京的那个小寡妇呢?"王说,"你忘了那句谚语:'花配花,柳配柳,两心相悦百年春!……'"

"代价是三百个秋季、夏季和冬季啊!"金福耸耸肩答道,"不!我穷了,雷鸥将跟我过艰难岁月!相反,我的死能保证她得到一笔财富。"

"你这么做了?"

"是的,还有你,王,你在我名下可得五万美元。"

"啊,"王只能说道,"你什么都答得上来。"

"滴水不漏,甚至对一个你还没有向我提出的异议。"

"哪一个?"

"那便是……我死后,你可能会有危险,为谋害我而遭到追捕。"

"哦,"王说,"只有笨蛋和懦夫才会束手就擒!再说,如果我什么险都不用冒,那我给你帮的这个忙又算得上什么功劳呢!"

"不能这么说,王!我希望你在这方面安全无恙。没有人会打扰你的安宁!"

说着,金福走到桌子边,拿过一张纸,用清晰的字体写下了下面的话:

我出于对生活的憎恶和厌倦,自愿结束生命。

金福

然后,他把纸条交给哲人王。

哲人先是低声读了一遍,然后又大声把它读了出来。读完,他小心地把它叠好,放进他始终带在身上的记事本里。

他的眼眸里又一次闪过一道亮光。

"你做这一切全都当真?"他凝望着他的学生问道。

"完全当真。"

"我这方面也一样当真。"

"你承诺?"

"我承诺。"

"这样,最迟6月25日,我就活过了?……"

"我不知道你是否能就你理解的意义而言活过了,"哲人严肃地答道,"但是,可以肯定,你将死去!"

"谢了,再见,王!"

"再见,金福。"

说着,金福平静地离开了哲人的房间。

第9章　结局不管有多怪，却或许不会让读者感到意外

"怎么样，克莱格、弗利？"第二天，可尊敬的威廉·J.比杜尔夫对他派去监视百年公司的新客户的两名密探问道。

"是这样，"克莱格答道，"昨天，他在上海农村散步很久，这段时间里，我们一直跟随着他……"

"他看上去一点儿都不像个想要自杀的人。"弗利补充道。

"夜色降落的时候，我们一直护送到了他家门口……"

"遗憾的是我们却不能进去。"

"那今天早上呢？"威廉·J.比杜尔夫问道。

"我们打听到，"克莱格答道，"他的身体状况……"

"结实得像八里桥。"弗利补充道。

密探克莱格和弗利是两个纯血统美国人，两个为百年公司效力的表兄弟，完全地形同一体的两个人。再不可能有比他们更能完全地被视为同一体的了，甚至这一个开了头的一句话，必然将由那一个接上去把话说完，反之亦然。同样的大脑，同样的思维，同一颗心，同一个胃，做任何事情都使用同样的行动方式。四只手，四支胳膊，四条腿长在两个融合的躯体上。一句话，简直就是由一个大胆的外科医生切开联结在一起的连体双胞胎。

"这么说,"威廉·J.比杜尔夫问道,"你们还未能进入他家的门?"

"还……"克莱格说。

"没。"弗利说。

"这很不好办,"主管代理人答道,"可是,这是必须做到的。对于百年公司来说,这不仅仅牵涉到获得一笔巨额保险费,还关系到赔不赔付二十万美元的问题。因此,得监护两个月,而如果我们的客户续签保单的话,两个月后还得延长!"

"他有个仆人……"克莱格说。

"我们也许可以收买……"弗利说。

"从而打听到他上海家里……"克莱格继续说。

"发生的一切!"弗利结束道。

"哦!"威廉·J.比杜尔夫说,"把这个仆人给我逮住了。收买他。他对银子的声音应该相当敏感。你们不会缺少银子。纵使你们得用尽中国礼仪包含的三千客套,尽量使用。你们绝不会为你们付出的辛劳后悔的。"

"遵命……"克莱格说。

"照办。"弗利答道。

这便是克莱格和弗利试图和孙搭上关系的重要理由。然而,孙不是个抗得住诱惑的人,他既抗不住白花花的银子这个诱饵,也抗不住殷勤奉上的几杯美国酒。

就这样,从孙的口中,克莱和得知了他们想要知道的一切,这一切可以概述如下:

金福有没有什么地方改变了他的生活方式?

没有。也许只是对他这忠实的仆人不那么粗暴了,剪刀搁一边不用了,大有益于他的尾巴,藤条也不经常给他的脊背挠痒痒了。

孙不是个抗得住诱惑的人,他既抗不住白花花的银子这个诱饵,也抗不住殷勤奉上的几杯美国酒。

金福手头有什么毁灭性武器吗?

绝对没有。因为他不属于那类令人肃然起敬的喜欢舞枪弄棒的人。

他一日三餐吃些什么?

粗茶淡饭,跟天朝人异想天开的饮食搭不上界。

他什么时候起床?

五更天,天一放亮,鸡鸣即起。

他睡得很早吗?

二更睡觉,如孙所知,一如往常。

他是不是显得悲伤、心事重重、腻烦、活累了?

这不是个生性活泼的人。哦,不是! 然而,这几天来,他仿佛对世间万物有了点兴趣。是的! 孙觉得他不那么麻木不仁了,就像一个等待着……什么东西的人? 他说不清楚。

最后,他的主人有什么有毒的,他可能用上的物品没有?

他恐怕不会再有了,因为,就在今天早上,家里人奉他之命,把十几个小丸子丢进了黄浦江。这些小丸子肯定就是性质有害的东西。

说真的,在这种种情况中,并没有任何值得引起百年公司主管代理人警觉的东西。不! 况且,除了王,谁都不知道富裕的金福现下的处境,而金福却显得从来都没比现在活得更舒坦过。

不管情况怎么样,克莱格和弗利都必须继续了解他们的客人所做的一切,跟踪他的每一次散步。因为,有可能他不想在自己家里实施自杀。

两个形影不离的人就如此行事。孙就这样继续陈说,说得那么淋漓酣畅,因为在和这些和蔼可亲的人交谈中,他能赚到很多钱。

如果以为,这个故事的主角,自从下决心摆脱尘世以来,却更恋着生活了,这么说确是有失偏颇。然而,就像他对此所抱的希望那样,至少在

不管情况怎么样,克莱格和弗利都必须继续了解他们的客人所做的一切,跟踪他的每一次散步。因为,有可能他不想在自己家里实施自杀。

最初几天，他还是不乏情感的波动。他在自己脑袋的正上方悬了一把达摩克利斯之剑①，而这把剑有朝一日会落到他的头上。那会是今天、明天，今天早上还是晚上？什么时候，吃不准，从而导致他有些心跳，这对他是一种全新的感觉。

况且，自从和王交谈之后，他们见面的时候甚少。或是因为王出门的时候比以往多，或是因为他常把自己反锁在卧房里。金福绝不会去他卧房里找他——这不是他的风格，他甚至不知道王把时间耗在什么上面了。也许他在准备什么圈套吧！一名老太平军将士在他的荷包里该藏着不少干掉一个人的方法。从而产生好奇，从而引发新的兴趣。

不过，师徒俩几乎每天还是会在同一张餐桌上碰面。当然，有关他们一个将成为凶手，另一个被杀的局面他们是绝对不会提到的。他们说些闲话——其实，这种话也很少。王显得比平时稍稍严肃，他转过脸去，眼镜片无法完全遮住的双眸里总要透露出一些始终萦绕心头的关注。曾是乐呵呵的、感情外露的他变得愁眉不展和沉默寡言。从前的吃货，像所有哲人那样天生享有好胃口的他，不再受美味佳肴的诱惑，绍兴酒会让他陷入遐想联翩。

不管怎么样，金福让他感到无拘无束。他率先品尝每一个菜肴，并且任何小菜自己没动过筷子的就不许撤下，他把这么做视作自己的义务。由此，王看到金福比往日吃得多，他麻木的味觉找回了一些感觉。他胃口很好，消化也不错。肯定，往日叛逆者天王的杀手没有把毒药选作他的武器，不过，他的牺牲者也不可有一丝疏虞。

再者，他为王提供一切方便，让他干成他的活计。金福的卧室房门

---

① 公元前四世纪叙拉古朝臣达摩克利斯善于歌功颂德，僭主大狄奥尼奥斯设宴，当达摩克利斯盛赞僭主时，后者在他头上用细线悬挂一把出鞘的宝剑，以示大权在握者时时处于危险之中。

始终开着。哲人白天黑夜都能进去,他睡着了或者醒着,哲人都能杀他。金福只要求一件事,那就是他的动作要麻利,必须刺中他的心脏。

然而,金福还是白白激动了一番,甚至,最初那几天之后,他对等待那致命的一击已经习以为常,习惯得倒头便睡,每天早上醒来又精神抖擞。这样下去可不行。

于是,他想到王也许不愿意在这栋如此厚道地把他接纳下来的房子里对他下手。他决定让他能更加放手。因此,他跑去农村田野,寻找偏僻角落,在上海那些歹徒出没、真正的危险场所,日常杀了人还能逍遥法外的地方一直滞留到四更天。他在那些阴暗的小街小巷里逛荡,撞上各个国籍的醉鬼,独自一人,逛到黑夜即将结束,卖馍馍的小贩摇着铃铛,叫喊着"馒头!馒头!",吸引晚间滞留街上的大烟鬼的注意。他要到天色放光才回到寓所,安然无恙地回来,还活着,活得好好的,甚至都没发现那两个焦不离孟的克莱格和弗利始终不渝地跟随着他,随时准备出手相救。

如果事情这么继续下去,到头来,金福又会习惯了这种新生活,少不得又会陷入腻烦。

已经有多少个小时过去了,他都没想到自己是一个即将殒命的人!

然而,有一天,5月12日,偶尔的遭遇让他心情出现波动。就在他轻轻地走进哲人的房间时,他看到哲人正在用手指试一把匕首锋利的刀尖,然后,把它浸入一个可疑的蓝色玻璃瓶里。

王没有听到他的学生进来的声音。他握住匕首,挥舞了好几下,仿佛想要确信自己的手法尚未生疏。的确,他的面部表情令人不安。似乎,此时此刻,他的双眸都充满了血!

"看来就是今天的事儿了。"金福想道。

他蹑手蹑脚地退出来,既没被看见,也没被听到。

金福整整一天没离开他的房间……哲人却没有现身。

金福睡下了。可是,第二天,他不得不又起来了,仍然活着,像一个身强力壮的人那样地活着。

那么多的激动都白费了!真够令人沮丧的。

就这样过去了十天!当然,王有两个月时间可用来完成他的任务。

"这个人就喜欢拖拖拉拉!"金福想道,"我多给了他两倍的时间!"

他还想到,是上海养尊处优的生活让这个太平军的老兵变得有点软弱了。

然而,从这一天起,土显得更加忧心忡忡,更加坐立不安。他在衙门里走来走去,像一个很难能待在原地不动的人。金福甚至注意到,哲人一而再地前去陈放着那口珍贵的柳州棺材的祠堂。他还从孙那儿不无兴味地得知,王曾叮嘱他们刷洗、擦拭、扫净上述的这个家具。总而言之,让它随时听用。

"就像我东家就要躺到里面去了似的!"忠心耿耿的仆人甚至还加了一句,"真让人想要躺进去试试!"

这个观察报告为孙赢得一个小小的友好的表示。

5月13、14、15日过去了。

没发生什么新奇事儿。

难道,王打算耗尽约定的期限,以商贾的方式偿还欠债,到期即付,不予提前?那要是这样的话,就不会再有什么令人意外的事情发生,从而也不再有激动了!

然而,5月15日早上,"卯时"时分,也就是早上六点光景,金福得知了一件很有意思的事情。

晚上睡眠不好。醒来时,金福还没有摆脱一场可悲的噩梦的影响。阎王——中国地狱的君主和仲裁——刚判处他要等到月亮第一千二百

王没有听到他的学生进来的声音。他握住匕首,挥舞了好几下,仿佛想要确信自己的手法尚未生疏。

次圆满升起在天朝帝国的地平线上时才得以到阴庭受审。让他再活一百年,整整一百年啊!

所以,金福的心情糟糕透了,因为,似乎任什么东西都在合伙密谋反对他。因此,当孙像每天早上那样前来帮助他梳洗的时候,他是以何等恶劣的态度接待孙的。

"见鬼去吧!"他嚷嚷道,"踹一万脚给你当工资,畜生!"

"可是,东家……"

"我说了,滚!"

"可是,不!"孙答道,"等一等,至少,让我先向您禀报……"

"禀报什么?"

"王先生他……"

"王!王他怎么啦?"金福抓住孙的辫子,回嘴道,"他干了什么?"

"东家!"孙像一条毛虫似的扭着身子,回答道,"他下令把先生的棺材抬去寿亭了,然后……"

"他让人这么做了!"金福嚷嚷,脸上放出了光彩,"去吧,孙,去吧,我的朋友!喏,这十两银子给你,让大家千万要不折不扣地执行王所有的命令!"

至此,孙赶紧滚了。他完全懵了,嘴里不停地嘀咕:"肯定,我的东家疯了,至少,疯得慷慨!"

这一回,金福不可能再怀疑。老太平军想要在寿亭里杀死他,这也正是他本人想要死去的地方。这么做就像跟他在那里订了个约会。他绝不会爽约的。大限已经迫在眉睫。

金福觉得这一天是那么漫长!钟里的水仿佛不是以正常速度流动!长短针在玉石钟盘上游弋不前!

终于,一更天让太阳消失在地平线下,衙门周围渐渐夜色朦胧。

至此，孙赶紧滚了。他完全懵了，嘴里不停地嘀咕："肯定，我的东家疯了，至少，疯得慷慨！"

金福前去亭子里安顿下来,他希望不要再活着出去。他躺在一张仿佛是专门用作长时间休息的柔软的长沙发上等着。

这时,对他毫无意义的生活的记忆一一浮现在脑海里,他的厌倦,他的憎恶,富裕没能帮他克服,贫困会让他更深切地感受到的一切!

唯有一道闪电照亮这个生活,这道闪电在他的富足时期竟然不曾吸引他的注意,那便是金福感受到的对那位年轻寡妇的爱。这种感觉在他的心跳即将停止的最后时刻撼动着他的心。然而,让贫困的雷鸥和他一起接受苦难。绝不!

四更了,这是曙光出现前的更次,在这个更次里,仿佛全世界的生命都停了下来,今晚的四更对金福而言流逝在最强烈的情感起伏之中。他不安地谛听。他的目光在黑暗中搜索。他力求捕捉住最细微的动静。他不止一次地以为听到了吱呀的开门声,好像有人小心翼翼地在推门。也许,王希望看到他睡着了,在他的睡梦中杀死他!

而此时,他产生了一种矛盾心理。他既害怕又希望这个太平军老兵恐怖的显身。

随着五更的到来,晨曦使天边显现白茫茫的小山岗。天色慢慢大亮。

突然厅门打开了。金福挺起身子,这最后的一秒钟,他活着的感觉胜过他整整一辈子的感受!……

孙来到他面前,手里拿着一封信。"十万火急!"孙简单地说道。

金福仿佛有一种预感。他接过信,信上的邮戳是旧金山的。他撕开信封,迅速地读信,然后,飞身冲出寿亭。

"王!王!"他大喊。

转瞬之间,他就到了哲人的卧房,猛然推开房门。

王已经不在房间里了。王没有在寓所过夜,听到金福的呼喊声,他的手下搜遍了整个寓所。很明显,王消失不见了,没有留下踪迹。

第10章　克莱格和弗利被正式引荐给百年公司的新客户

"是的,比杜尔夫先生,这仅仅是交易所的一个花招,美国式的花招!"金福对保险公司的主管代理人说道。

可尊敬的威廉·J.比杜尔夫露出业内人士的微笑。

"高明,确实,让所有的人都中了圈套。"他说。

"就连我的联系人都上当了!"金福答道,"终止支付是假的,先生,倒闭是假的,假消息!一个星期后就可以在开启的窗口支付了。大功告成。跌了百分之八十的股票由中央银行以最低价购回,而当有人去问经理,倒闭有什么结果,他神态可亲地回答说:'百分之一百七十五!'这便是我的联系人在今天早上收到的这封信里对我说的,当时,我都相信自己彻底破产了……"

"您当时都不想活了吧?"威廉·J.比杜尔夫嚷道。

"是的,"金福答道,"当时,我很可能就被杀了。"

"被杀!"

"持有我的书面授权,商妥的、不追责的杀人,它会让您付出的代价是……"

"二十万美元,"威廉·J.比杜尔夫答道,"既然,任何情况下的死亡都投了保。啊!亲爱的先生,我们真的会为您感到遗憾……"

"因为这笔保金的总额？……"

"还有利息！"

威廉·J.比杜尔夫拉住他客户的手,热情地,美国式地摇了摇。

"可我不明白……"他补充道。

"您这就会明白的。"金福答道。

说着,他解释了他让人向他许下的承诺的性质,对那个人他当然完全信任。他甚至引用了纸条上的词语,纸条能为那个人辩白,让他免遭缉拿,保证他不受任何惩罚,而那张纸条目前便在那个人的口袋里。然而,问题十分严重,答应了的事情必将完成,许下的诺言必须兑现,这一点是无可怀疑的。

"这个人是你朋友？"主管代理人问道。

"朋友。"金福答道。

"那么,是出于友情？……"

"出于友情,谁知道还有什么？也许还有什么考虑！我在保险里给他留下了五万美元。"

"五万美元？"威廉·J.比杜尔夫嚷起来,"这么说,就是那位王先生？"

"正是。"

"一位哲人！他绝对不会答应……"

金福想回答说：

"这个哲人以前是太平军。在他的前半辈子,他杀过许多人,如果这些人曾经是百年公司的客户,那要让百年公司破产则是绰绰有余的了！十八年以来,他已能遏制野蛮的本能。可是,今天,机会来了,他以为我已经破产,决定一死,另一方面,他知道,我死了,他能发一点小财,他不会迟疑……"

然而,这些话金福一个字都没说。说了会牵累王,说不定,威廉·J.比杜尔夫会毫不犹豫地把他作为太平军残余向省里的巡抚举报。这样做或许能救了金福,但却会断送哲人。

"那就,"这时,保险公司代理人说,"需要做一件非常简单的事情了!"

"什么事情?"

"应该通知王先生,中止一切约定,并且收回那张会惹祸的纸条……"

"这可是说得容易,做起来难啊!"金福反驳道,"王从昨天起就不见了踪影,谁也不知道他去了哪里。"

"呃嗯!"主管代理人说了声,这个感叹词表明他也处于茫然不知所措之中。

他细细打量着客户。

"而现在,亲爱的先生,您已经完全打消了寻死的念头?"他问金福。

"当然是啊,"金福回答,"加利福尼亚中央银行的小花招让我的财产几乎翻了一倍,我还满心打算着最近大婚呢!不过,婚前我得先找到王,要不,就等约定的期限完全过去了。"

"那它什么时候到期?……"

"今年6月25日。在这段时间里,百年公司仍然有巨大的风险。因此,得由它采取相应的措施。"

"找到那位哲人。"可尊敬的威廉·J.比杜尔夫答道。

代理人背着双手踱了一会儿方步,然后说:

"那好,"他说,"我们一定找回他这个敢于两肋插刀的朋友,哪怕他藏身于地下!可是,在那一天到来之前,先生,我们将保护您免遭任何人伤害,就像我们已经保护您免受自己伤害那样!"

"您这是想说什么?"金福问道。

"从今年4月30日,我们签署了您的那份保单之日起,我有两名密探一直跟在您身边,关注您的举止,窥伺您的行动!"

"我毫无觉察……"

"哦,他们是些办事谨慎的人!我想请您允许我把他们介绍给您,他们现在已经没必要躲躲藏藏,只要不是面对王先生就行。"

"乐意从命。"金福答道。

"克莱格和弗利应该就在这儿,因为您在这儿啊!"

说着,威廉·J.比杜尔夫喊道:

"克莱格和弗利?"

克莱格和弗利确实就在贵宾室门外。他们"尾随"百年公司的客户,一直跟到公司办公室门口,然后,在出口处等候。

"克莱格、弗利,"主管代理人对他们说道,"在我们珍贵的客户的保单整个有效期内,你们不再需要保护他免受自己的伤害,但是要防止他本人的一位朋友,哲人王对他的伤害。王已经承诺要杀死他!"

形影不离的哥俩了解了目前的处境。他们理解了,接受了。富裕的金福属于他俩。他绝对不可能有更加忠心耿耿的效力者了。

现在该决定采取怎样的措施了?

措施有两个,主管代理人指出道:或者待在上海的家里严加保护,使王一回来就必然会被弗利和克莱格所发觉。或者尽可能快地打听到这个王现在在哪里,要回那张应该作废和无任何法律效力的纸条。

"前一个措施毫无意义,"金福答道,"王完全能做到不让人发现来到我身边,因为我的家就是他的家。因此,必须不惜一切代价地找到他。"

"您说得在理,先生,"威廉·J.比杜尔夫答道,"最可靠的办法是找到这个王,我们一定能找到他!"

"活要见人……"克莱格说。

"死要见尸!"弗利接道。

"不！要活的!"金福大叫道,"我不允许王因为我的过错有片刻陷入危险！"

"克莱格和弗利,"威廉·J.比杜尔夫补充说道,"你们还要担保我们的客人平安无事,直至6月30日,先生对我们来说值二十万美元。"

话说到此,客人和主管代理人起身作别。十分钟后,金福在两名保镖的护送下回到了寓所,他们从此不再离开金福。

当孙看到克莱格和弗利在家里正式安顿下来的时候,他难免感到有些遗憾。再没有问题,再不用回答,从而再也没有了银子！另外,他的主人重新开始生活后,重又粗暴地对待这个又笨又懒的仆人。倒霉的孙！他要是知道自己接下来的遭遇,不知道又会作何说法呢！

金福做的第一件事便是"语音通知"北京杉呱大街他财产的变化,他比以前更富裕了。少妇听到这个她原以为永远失去了的人传来的声音,重又对她说了许多百般温柔的情话。他将去见他的小妹妹。七月份他一定跑到她的身边去,从此再不分离。然而,他拒绝让她受苦受难之后,他也不愿意让她冒再次成为寡妇的风险。

雷鸥不很理解这最后一句话是什么意思,她只明白一件事,那就是他的未婚夫回来了,两个月以内他将来到她的身边。

那一天,在整个天朝帝国,没有一个女人比年轻的寡妇更幸福的了。

实际上,多亏加利福尼亚中央银行这次卓有成效的操作使金福成了四倍的百万富翁。之后,他的思想发生了翻天覆地的变化。他要活着,好好地活下去。二十天的情感起伏使他变了。不管是四品官员宝森,还是批发商尹胖、散漫不羁的丁,或是文士华尔,在他身上,再也认不出那个在珠江画舫上为他们设告别宴的、处事冷漠的东道主了。如果王在这儿话,他都不会相信自己的眼睛。可是他消失了,没有留下蛛丝马

迹。他不回上海的家，从而导致金福深切的焦虑，以及两名保镖的惶惶不可终日。

一个星期过去了，5月24日，哲人王依然杳无音讯，因而，毫无可能进行寻找。金福、克莱格和弗利徒劳无功地搜遍了各个租界、集市、可疑地区和上海近郊；警局最精明能干的地保徒劳无功地四处搜索；哲人如石沉大海无法找到。

然而，克莱格和弗利越来越担心，加倍采取措施。他们不分昼夜地跟着他们的客户，和他一张桌子吃饭，和他一个房间睡觉。他们甚至想要他穿上钢甲，以防有匕首来袭，并且只吃带壳煮的溏心蛋，这样不会有毒！

金福——不得不说——把他们赶了出去。不是说他值二十万美元吗？干吗不把他放进百年公司的保险柜里关上两个月啊！

于是，始终注重实际的威廉·J.比杜尔夫便向他的客户提议，归还已缴纳的保险费，撕毁保单。

"遗憾，"金福明确答道，"木已成舟，您必须承担后果。"

"行，"主管代理人回嘴，他对自己阻止不了的事情只好逆来顺受，"行！您说得对！您绝不能找到比我们更好的守护了！"

"也找不到更便宜的价格了！"金福答道。

第11章　在此，我们看到金福成了中华帝国最著名的名人

然而，哲人王还是一直找不到。金福因被逼得一筹莫展，连跟在王后面寻踪追迹都不可能而开始烦躁。哲人王怎么可能这么做呢，搞人间蒸发，连一丝一毫踪迹都没有留下。

事情的复杂化少不了让百年公司的主管代理人也感到担忧。最开始的时候，他对自己说，这一切没那么严重，王不会真的实践他的承诺，即便在怪诞的美洲，也不会发生如此不着边际的事情，直至最后相信，在这个被称作天朝帝国的奇异国度里，没有什么是不可能发生的。他很快就变得赞同金福的看法，那便是，如果说他们怎么找都找不到哲人，这是因为哲人要实现他许下的承诺。甚至，他的消失说明，就他那方面，他要等他的学生最意想不到的时候实施计划，就像雷霆一击，以迅速、万无一失的一刀刺中他的心脏。那时，他会把纸条搁在牺牲者的身上，然后，心安理得地去百年公司的办公室领取保险金额中该属于他的那一份。

因此，必须通知王。可是直接通知他，现在却难以做到。

于是，可尊敬的威廉·J.比杜尔夫想到了借助于报刊的办法。在几天里，他给所有的中国报纸发了告示，又给新旧两个世界的报刊发了电报。

北京的官方报纸《京报》，上海、香港中文编撰的报纸，在欧洲和南北美洲发行最广的报刊，无不一而再、再而三地刊登下面的这份告示。

请上海的王先生将其于5月2日和金福先生通过的协定视作无效,金福先生现下唯一的愿望是长命百岁。

这个莫名其妙的告示之后很快登出了第二个,无疑是现实得多的。

凡能将上海的王先生目前的地址告知百年公司上海分公司主管代理人威廉·J.比杜尔夫者,将获得赏金两千美元或一千三百两银子。

就算哲人在给予他兑现诺言的五十五天期限里会满世界乱跑,都不必考虑这么做。他极其可能还是藏身在上海的周围,以免错失任何时机。然而,威廉·J.比杜尔夫认为做到以防万一才能万无一失,是措施就不会多余。

好几天过去了,形势仍无变化。突然,这种按照美国人熟悉的方式大量制作的标语出现在街头上:一边是王!王!!王!!!另一边是金福!金福!!金福!!!终于引起了公众的注意,到处导致一片哄笑。

直至天朝帝国最偏远的省份的犄角旮旯都把这件事引为笑谈。

"王在哪儿?"

"谁见到王了?"

"王在干什么?"

"王!王!王!"中国小孩在大街小巷里叫喊。

这些问题很快便口口相传,遍及全民。

而"强烈的愿望是长命百岁"的金福——欲与当时刚在北京车马宫完成了第二十个五年祭的那头著名的大象比拼长寿的天朝人——很快

好几天过去了,形势仍无变化。突然,这种按照美国人熟悉的方式大量制作的标语出现在街头上。

成了闻名一时的人物。

"这么说,金福先生已经老迈年高?"

"他的身体状况可好?"

"他尚能饭否?"

"我们能看到他穿上老年人的黄袍①吗?"

文武百官、交易所的大宗批发商、柜台边的买卖人、大街小巷和集市广场上的平头百姓、水上城市的船家们,就是这样借助这些玩笑话互相攀谈!

这些中国人,当他们认定其中有值得一乐的题材时,他们会显得非常快活,非常尖刻。从而制造出各种各样的笑话,甚至在私人生活的界墙上画满漫画。

让金福感到十分不快的是这种奇怪的知名度迫使他承受的伤害。有人甚至用《满江红》的调调把他编成歌儿来哼唱。还出现了一个段子把他可笑地搬上了舞台:《百岁老人叹五更》!多么诱人的篇名,文本的零售价竟达到三个铜板一份!

如果说金福对被搅得沸沸扬扬的名声十分恼火,威廉·J.比杜尔夫却相反地对此颇是赞赏。然而,王并不因此而在众人眼前显山露水。

接着,事情越闹越过火,金福再也稳不住他的阵脚了。他出门去吧,街上、码头上,甚至在穿过那几个租借地时,或者走在乡间田野上时,都会有一群中国人围着他,陪着他,男女老少都有。回家来吧,寓所的门口就会聚起一批下三滥的人看热闹。

每天早上,他都被催告去卧室阳台上露个脸儿,以证明他的下人没有让他提前躺进寿亭的棺材。各家报纸嘲弄地发布他的健康简报,仿佛

---

① 中国人凡是活到八十岁的都有权穿一件黄袍。黄色是皇室专用的颜色,加黄袍是给予老人的一种尊荣。

他属于当政的清王朝。总之,他变得十分滑稽可笑。

从而导致有一天,即5月21日,气得冒火的金福前去找到可尊敬的威廉·J.比杜尔夫,告知后者他即刻要出门。他受够了上海,受够了上海人!

"出门在外也许会更危险!"主管代理人十分正确地提醒道。

"这跟我关系不大!"金福答道,"请您采取相应的措施吧。"

"可是,您要去哪儿?"

"一路往前。"

"您会在哪儿停下?"

"没有目的地!"

"那您啥时候回来?"

"永不回来了。"

"那我要是有了王的消息呢?"

"见鬼去吧,王!啊,我怎么会愚蠢得想到给他写下那张荒唐的纸条!"

实际上,金福感到自己被寻找哲人的疯狂欲望所制御!他的生死竟然把握在另一个人手中,这个想法开始让他打心底里往外冒火。这种状况正发展成摆脱不掉的顽念。在这种状况下再待上一个多月,他绝对会崩溃!绵羊都要发疯了!

"那就出去走走吧,"威廉·J.比杜尔夫说,"不管您到哪儿,克莱格和弗利都将跟着您!"

"随您的便,"金福答道,"但是,我有言在先,他们有的要跑路的。"

"他们会跑路的,我亲爱的先生,他们会跑路的,他们绝不是那种舍不得两条腿的人!"

金福回到衙门,不失分秒,当即做出门的准备。

孙好不情愿——他不喜欢挪动位置——他必须陪着他的主人。可是他不敢冒失提出反对,那肯定会让他付出一大段辫子的代价。

至于弗利和克莱格,作为真正的美国人,他们随时做好了出发的准备,哪怕是要去天涯海角。他们仅仅提了一个问题:

"先生想要……"克莱格说。

"去哪儿?"弗利接完话。

"去南京,先到那儿,然后去见鬼!"

在克莱格和弗利的唇边同时漾起了微笑。两个人都很乐意!去见鬼啊,再没有比这个更让他们高兴的了!向可尊敬的威廉·J.比杜尔夫辞行,穿上中国人的服装,以便在这次穿过天朝帝国的旅途上少引起些对他们个人的关注。

一小时后,克莱格和弗利挎着包,腰里插着左轮手枪,回到金福的寓所。

夜色降落的时候,金福和他的伙伴们悄悄离开美租界码头,登上从上海驶往南京的汽轮。

这段旅程就像似闲庭信步。轮船利用涨潮上溯长江水路,不到十二小时便抵达了南中国的古都。

在这短短的航行期间,克莱格和弗利对他们珍贵的金福可谓关怀备至,他们事先就一一打量了所有的旅客。他们认识哲人——三个租界的人谁不认得那张善良、讨人喜欢的面孔!他们已经放心,他没能随他们上船。采取完了这个措施后,还是得时时刻刻小心百年公司客户的安全,用手试一试他依靠的舷墙,用脚踩一踩他有时会登上去的舷梯,把他拉得离锅炉房远一些,那些锅炉看上去有点靠不住,让他别迎着夜晚的劲风,晚上寒气重别着凉,检查一下他舱房里的舷窗是否密封关好,斥责孙这个粗心的仆人,主人找他做事的时候他永远都不在旁边,需要的时候还得代替他当值,送上一更天的茶点。最后,晚上,他俩就躺在金福舱房的门口,衣不解带,屁股下垫着救生圈,万一发生爆炸或者碰撞,轮船沉没在深邃的大江里,他们可以即时营救!然而,能让弗利和克莱格的无限忠诚勇敢地经受考验的事故没有发生,一件都没有发生。汽轮迅速驶出吴淞口,进入扬子江,或者叫长江,沿着崇明岛航行,把吴淞和狼山的灯火落在身后,乘着涨潮穿过江苏省,22日早晨,汽轮把它的乘客们安全无恙地送到了六朝古都的船码头。

多亏了两名保镖,旅行途中,孙的辫子一分一厘没有减少。因此,懒鬼再要埋怨就不近人情了。

金福离开上海首先在南京作停留并非毫无目的。他考虑在南京有找到哲人的希望。

确实,在这座不幸的城市里留下的忆念有可能吸引王前来,这可是长毛造反的主要中心。它不是曾经被那个不起眼的塾师,可怕的洪秀全所占据,所捍卫,后来洪成了太平天国的天王,并且长期使满清政府处于垂败之中吗?不是在这座城市里他宣布开始了"大和平①"的新世纪吗?1864年,不正是在这座城市里,他为了不活着落入敌人手中而服毒自尽吗?他年轻的儿子不是逃出了诸王的旧宫殿,很快就被捕,被保皇军砍掉了脑袋吗?不正是在烈火熊熊的城市废墟中,他的骨骸被从坟墓中挖了出来,丢给最低贱的动物吃掉了吗?最后,不正是在这个省份,三天里,王旧时的十万兄弟遭到了杀戮吗?

因此,有可能,哲人王受生活发生变迁以来怀有的某种恋旧感的驱使,藏身在这些充斥着个人记忆的地方吧?而从这里,几个小时他就能返回上海,实施刺杀……

---

① 太平一词的意译。

这便是为什么金福首先去往南京,想要在他旅途的第一站停下来。如果他能在那里遇见王,那就能把事情说个一清二楚,这种荒唐的局面也就了结了。如果王不出现,他将继续这次穿越天朝帝国的长途跋涉,直至那一天,过了有效期,他就再也不用害怕他从前的良师益友了。

金福在克莱格和弗利的陪同下,带着孙,去一家旅店下榻。旅店即在人口少了一半的地区。展开在这些地区周围的古都四分之三的地域已是一片荒芜。

"我旅行期间化名季楠,"金福对他的同伴们说,"我希望我的真名绝不能叫出口来,不管是什么理由。"

"季……"克莱格说。

"楠。"弗利接完。

"季楠。"孙重复道。

金福这样做我们能理解,他正躲避在上海出了名带来的尴尬,不想在旅途中又遇上这种麻烦。况且,他对弗利和克莱格还只字未提哲人可能会在南京现身。这些谨小慎微的密探真会不吝采取和他们的客户的经济价值相应的措施,让他们的客户极其腻烦的措施。确实,就算是腰缠百万走在盗匪出没的地方,他们都不会显得如此谨慎。说到底,公司委托他俩看管的不正是一百万吗?

整整一天便在游览南京的各个区、广场和街道中过去了。从西门走到东门,从北门走到南门,从过去的繁华中一落千丈的都市,很快便浏览殆尽。金福步履轻快,少言寡语,看了很多。

不管是在老百姓集中的运河上,还是在深入断垣残壁之间、已经被野草遮掩的石板路上,一张可疑的面孔都没有看到。没见到有陌生人闲逛在半坍塌的大理石柱廊下,或者标志着曾是皇宫旧址的一面面烧毁的大墙下,那里曾是殊死决战的舞台,王可能曾在那里抵抗到最后一刻。

没有人试图避开参观者的目光,不管是在天主教传教使团——这些1870年南京人想要杀戮的传教士们的衙门①周围,还是在用太平天国建造那座著名的瓷塔的不可摧毁的砖石新建的兵工厂附近,都没有这样的人。

金福仿佛不知疲倦地始终往前走着,拖着他两名不甘示弱的随行者,和不惯于此类运动的倒霉的孙拉开了距离。他从东门出城,信步走在荒无人烟的田野上。

一条不见尽头的甬道展开在离城墙有一定距离的地方,甬道两侧排列着花岗岩雕琢的硕大无朋的野兽。

金福以更快的步伐走上这条甬道。

甬道尽头是一座小庙。小庙后面矗立着一座坟墓,高得像个小山岗。在这个土墩下长眠着洪武——当上了皇帝的和尚,那些大胆的同胞之一——五百年前,他奋起反对外族统治。哲人会不会来到这座长眠着明王朝的奠基人的坟茔前,在这些光荣的回忆中,接受再一次的熏陶呢?

坟头一片荒凉,小庙无人照看。守卫者只剩下那些巨大的刚刚成形的大理石雕塑,沿甬道矗立的怪兽。

然而,在庙门上,金福不无激动地瞥见用手刻在上面的一些符号。他上前看到了这三个字母:

W. K.-F.

王!金福!毋庸置疑,哲人最近到过这里!

金福一声不吭,望了望,找了找……没见到人。

当晚,金福、克莱格、弗利和拖沓在后面的孙回到旅店,然后,第二天早上他们便离开了南京。

---

① 这个衙门和金福的衙门一样只是个大一些的住所。作者在使用这个词的时候肯定还挺得意的。译者保持原著原貌,让我们看到当时法国人眼里的中国,这不失是一种乐趣。

一条不见尽头的甬道展开在离城墙有一定距离的地方，甬道两侧排列着花岗岩雕琢的硕大无朋的野兽。

第12章　金福，他的两个追随者及他的仆人无目的地前行

在天朝帝国的运河和江河上，在水陆大道上匆匆赶路的这个旅行者是谁？他走着，一直走着，前一天不知道第二天要去什么地方。他穿过一座座城镇而无暇四顾，他在旅馆或客栈下榻只是为了在那里睡上几个小时，他在酒肆饭庄停留只是为了急急用餐。钱在他手里待不住，他大手大脚，挥金如土就为了加快进程。

他不是忙于生意经的商人，也不是受六部派遣去执行重要和紧急任务的官员，更不是寻找大自然美景的艺术家，不是文人学者，受兴趣驱使，寻找封存在某个和尚庙或喇嘛寺里的古老中国的经典文书。他既不是为了获取更高的学位赶去考场的秀才，也不是奔波乡间，巡视设立在祝圣的榕树根之间的农村小祭坛的佛陀使者，也不是去天朝帝国神圣的五岳之一进香还愿的朝觐者。

此人便是金福，由始终精力充沛的克莱格和弗利陪伴，后面则跟着越来越疲惫的孙。此人也就是金福，他怀着奇怪的心态，既想躲开，又想找到找不到的王。这个百年公司的客户，在这不停地游走中只求忘掉他的处境，并且保证他免遭威胁着他的伤害。最好的射手都有可能射不中活动着的目标，而金福便愿意是这个永不停下来的靶子。

旅行者们在南京重又登上了一艘美国的那种跑得很快的轮船，宽大

的水上旅馆啊,这条船专跑长江。六十小时后他们在汉口下船,路上甚至都没有欣赏一番那座矗立在扬子江江心的奇峰——"小孤山",山顶上大胆地冠着一座寺庙,由那些和尚祀奉。

汉口位于长江和它的重要支流汉江①的交汇处,四处游走的金福在那里只呆半天。那里又有太平军留下的纪念,不可修复的断壁残瓦。然而,不管是在这座商业城市,它说实在只是设立在支流右岸的汉阳府的属地,还是在武昌府,这个矗立在长江右岸的湖北省省会,逮之不住的王都没留下他路过的鸿爪。再也没有金福在南京,戴上冲天冠的和尚的坟茔前看到的那三个可怕的字母。

如果说克莱格和弗利有可能曾希望在这次中国之旅中一览民间风俗,获得对那些城市的认知,他们的希望很快就落空了。他们就连记录的时间都没有,而给他们留下的印象也只剩下了一些城镇的名称,或者在这个月的第几天!然而,他们既不好奇,也不多嘴多舌。他们俩几乎从不交谈。何用之有?克莱格所想的,弗利也想到了。这种对话就像一个人在自说自话。所以,他们所观察到的也并不比他们的客户多一些,无非是大多数中国城镇所共有的双重面貌,死气沉沉的中心地带,相对活跃的近郊。在汉口,他们只是走马看花,看了看欧洲各国的租界,成直角相交的宽阔的街道,华丽的住房,以及沿长江边大树下绿荫童童的散步场地。他们的眼睛只关注一个人,而这个人却始终杳然黄鹤。

汉江因为涨水而水位提高,使轮船能在这条支流再上溯一百三十法里,一直到老河口。

金福不是那种愿意放弃诸如此类的交通运输的人,这是他喜欢的。他倒是打算一直坐船到汉江不能再通航的地方。到那里后他再作考

---

① 在南部中国,江河水流名字的最后一个字是"江",而在北部中国,则是"河"。——作者原注

虑。克莱格和弗利巴不得,他们真想整个旅途就在航行中度过。船上的监护比较好办,危险来得不会那么急迫。之后,走在华中地区不大可靠的官道上,那就是另一回事儿了。

至于孙,这种轮船上的生活对他还算过得去。他不用走路,什么都不用干,他的主人就留由克莱格和弗利去照应吧,尽心尽责地吃完中餐、晚餐和宵夜后,他就想在他的角落里睡大觉,而船上的伙食还挺不错!

几天后,船上供应的食物出现了突如其来的变化,向全体旅客,除了那个什么都不懂的人之外,表明他们现在所处的纬度已然不同。

事实上是进餐的时候,小麦取代了大米,以无酵母的面饼形式出现在餐桌上,这种面饼刚出炉的时候味道还是相当不错的。

孙,作为一个真正的中国南方人,为吃不上米饭而遗憾。当他把饭粒从小碗扒拉进他的大嘴巴时,他手里操纵着那双小棍子是如此灵便!米饭和茶,一个真正的天朝子孙有此足矣!

由此说明,轮船逆汉江而上,已进入了小麦种植区。至此,地形地貌的起伏变化更加明显。天地相连处清晰地勾勒出几座高山,山顶矗立着烽火台,这都是以前的明王朝修建的。为拦住江水而人工修筑的陡峭的堤岸让位给了低矮的河岸,河水不深,河床却因而更宽了。前面出现了官楼府。

轮船必须在海关楼前停靠几个小时,添加燃料,金福却没有下船。他去这个城里干什么,看与不看他都无所谓?他只剩下一个欲望,既然再也找不到哲人的踪迹,那就继续深入华中地区的腹地,在那里,如果说他追不上王,王也一样抓不到他。

过了官楼府,前面是面对面建起的两座城市,江左的商业城市樊城和江右岸的政府所在地襄阳府。樊城百姓活跃,商业繁荣;襄阳死气沉沉,不见活力。

汉江在过了樊城之后突然一折,笔直通往北方,剩下尚能走船的航道一直到老河口。然后,由于缺水,轮船便不能再往前行驶了。

这时,情况就完全不是一回事了。从这最后一站开始,旅行的条件不得不有所变化。他们不得不放弃水流,"这些会自动行走的道路",自己走路,或者至少,以天朝帝国使用的状况恶劣的车辆取代柔软滑行的船舶,忍受它们的摇晃、颠簸和碰撞。不幸的孙啊!对他来说,一系列的烦恼、劳累、责难便要卷土重来了!

确实,在这异想天开的长途跋涉中,跟随金福从一个省跑到另一个省,从一座城市跑到另一座城市,真是大有事情要做!有一天,他坐车旅行,可那是辆什么破车啊!硬邦邦地固定在车轴上的一个大箱子,车轴两头两个钉着大铁钉的轮子,由两头犟骡子拉着,车篷上就遮一块布,雨水透得过来,阳光也照得进来!还有一天,有人看见他躺在一顶骡轿里,轿子像个岗亭,悬在两根毛竹之间,又是摇晃,又是颠簸,那么强烈,如果是一条小船的话,早就颠散架了。

这时,克莱格和弗利骑着两头驴子,像两名副官跑在两侧的车门边,又颠又晃得比轿子还厉害。至于孙,在这种情况下就得跑快点儿了,他步行,一路不停地嘀嘀咕咕,怨天尤人,只能靠大口大口地灌过量的高粱烧酒来提神。这时,他也感到摇摇晃晃,只是其原因却不是因为道路的坎坷不平了!总之一句话,这几个人的感受更胜过在波涛汹涌的海上。

金福和他的伙伴们是骑着马——当然是些劣马——,进了中华帝国的古都,西安府,唐朝的列代皇帝曾居住的地方。

然而,为了到达这个遥远的陕西省,为了穿过那些无边无际的、干旱、寸草不生的土地,他们得忍受多少苦,多少累,甚至冒多大的风险!

在这片和西班牙南部处于同一纬度的地方,五月的太阳照射出的光芒已经让人难以支撑,从来都没享有过碎石铺设的路面扬起细细的尘

为了穿过那些无边无际的、干旱、寸草不生的土地,他们得忍受多少苦,多少累,甚至冒多大的风险!

土。从这些毒烟般污染空气的黄色的旋风中出来的人,无不从头到脚都是灰色。这便是"黄土"地带,中国北方特有的奇异的地质构造。它不再是泥土,也不是岩石,或者说得更精确些,一块还没来得及凝固成功的石头。①

至于危险,在一个守备捕快都出奇地惧怕强盗的快刀的地方,那就太现实了。如果说,在城里,地保们任由地痞无赖胡作非为,如果说,在闹市区,天一黑,居民们便不敢贸然上街,那么,我们不难判断,公路上又能安全到哪里去了!好几次,旅行者们走进深深地陷在黄土层之间的沟壑里的时候,前面路上会出现一些形迹可疑的人,然而,看到克莱格和弗利,腰上插着左轮手枪,使他们迄止此时尚不敢妄动。百年公司的密探有好多次感到由衷的惧怕,如果说不是为他们自己,至少也是为他们所护卫的这个活着的一百万。金福,不管是倒在王的匕首下,还是歹徒的刀下,结果是一回事。受到打击的是百年公司的钱柜。

再者,在这种情况下,金福也一样武装精良,他就想奋起抵御。他比任何时候都更在乎他的生命,就像克莱格和弗利说的那样,"他能够为了保命而牺牲生命"。

在西安府,要找到哲人的踪迹是不大可能的。一个太平军的老兵绝不会去那儿寻求避难。叛乱分子,在他们造反的那个时期,没能攻破这里高大的城墙,据守这座城市的是一支人数众多的满洲守备部队。除非是对城里比比皆是的珍奇古玩有特别的兴趣,以及通晓题铭学奥义的人,城里有个叫作"碑林"的博物院,蕴藏着数之不尽的财宝,王到这儿来干什么?

所以,到达后第二天,金福便离开了这座城市,这座中亚、西藏、蒙古

---

① 列翁·卢塞语。

和中国间的贸易重镇,重又取道向北方而去。

经过郜林县、信桐县,顺着渭河谷地的道路,这几个人来到了华州,1860年可怕的穆斯林动乱的发源地。渭河在黄土高坡劈出河床,河水夹带着黄土的颜色。华州之后,金福和他的伙伴们时而坐船,时而坐车,疲惫不堪地到达位于渭河和黄河交汇处的潼关要塞。

黄河,也就是那条著名的大河,自北方飞流直下,流经东部各省,注入与之同名的大海。黄海,就像红海不红,白海不白,黑海不黑一样,不是黄色的。是啊!这条著名的大河,它的水也许来自天上,因为它的颜色就是皇帝的颜色,天子的颜色,它也是"中国的难题",这么说是因为它一次次可怕的泛滥,导致目前大运河有部分无法通航。

旅行者们在潼关本可太太平平的,即使在晚间。这不再是商业城市,而是一个军事重镇,驻守这里的满族鞑靼人组成一流的中国军队,他们住在固定的住所而不是搬来搬去的营帐里!金福原先也许打算在这里休息几天。也许,他准备找一家合适的旅店,一个好房间,一张好床,吃好喝好——这些都不会有违弗利和克莱格的心思,更不会让孙不乐意!

可是,这个笨蛋,这一回让他付出了好大一截尾巴的代价,他居然粗心到向关卡报称了东家的真名,而不是化名。他忘了自己有幸侍奉的是季楠,而不是金福。真把人气昏了!它导致金福当即离开了这座城市。名字产生了效应。著名的金福来到了潼关!谁都想一睹这位凤毛麟角的风采,"他唯一的欲望是长命百岁!"

恼怒不已的旅行者在他的两名护卫和仆人的追随下,刚来得及穿过接踵而来,已经汇聚成堆的好奇者,逃了出来。这一回是步行,靠两只脚!他登上黄河陡峭的河岸,就这样,一直跑到他和他的伙伴们精疲力竭地倒在一个小镇里,在那里,没人知道他的身份应能保证他安静几个钟头。

这一回是步行,靠两只脚!他登上黄河陡峭的河岸。

孙狼狈至极,再不敢吭声。在这里,轮着他,因为他那条尚存的可笑的老鼠尾巴似的小辫儿,成了令人难堪的玩笑之的!小顽童们跟在他屁股后面奔跑,给他冠上了千百种离奇古怪的称呼。

所以,他急于想走!走哪儿去啊?不知道。因为,他的主人——就像他对威廉·J.比杜尔夫说过的那样——也只是一味地前行,始终在往前走!

这一回,在离潼关二十里,金福寻求藏身的那个简朴的小镇上,见不到一匹马,一头驴子,一辆小车或一顶轿子。除了待在那里或者继续步行上路,没别的指望。这就难免让哲人王的学生心情很糟糕了,在这种境遇里,金福的表现可不大明哲理。他指责所有的人,其实要怪也只能该怪他自己。啊!他多么怀念随心所欲地生活的时代!如果说,要学会珍惜幸福,就得像王说的那样,领略过烦恼、艰难和折磨的滋味,那么,他现在尝尽了这种味道,结果却不尽人意!

再说,像这般奔走,路上少不得遇见一些老实巴交的下里巴人,他们虽然身无分文,却活得快乐!他得以观察到因为由高高兴兴干完活儿得到了幸福的各种不同形貌。

这里,看到的是一些面朝黄土背朝天的耕夫;那边,则是手里耍着工具嘴里唱着山歌的工人。是否正是这种无所事事,让金福无所欲求,从而,得不到尘世的幸福?啊!完整无缺的教训!至少他如此以为!……不!金福朋友,它还不完整!

然而,克莱格和弗利在这个村子里逐家逐户地敲门,细细搜寻,终于发现了一辆车,只是仅仅一辆!而且,它只能载一个人,情况更为严重的是这辆车没有脚力。

那是辆独轮车——帕斯卡尔的独轮车——也许是火药、文字、指南针和风筝的古代发明人早在帕斯卡尔之前就发明了的。只是,在中国,

这种器械的轮子直径很大，它的位置不是在车辕的两头，而是在中间，而且就横贯车身转动，就像有些汽船的中心轮。因此，车身顺着中心轴被分成了两个部分，旅行者可以坐在一边，另一边则用于放他的行李。

这种车子的动力是，也只能是人，人往前推车，而不是拉车。因此，他的位置在旅行者的后面，他绝不会挡住旅行者的视野，就像英国的驾驶座在后面的双轮马车。顺风的时候，也就是说，风从后面吹来的时候，人和这种不必花费任何代价的自然力量合力运作；在车身前部竖起一根小桅，升起四方形的帆，然后，风要是大了，那就不是车夫推车，而是车拉着车夫走了——往往车会跑得比车夫想要的更快。

车子和它的零配件统统买下来了。金福在车上就座。顺风，帆支了起来。

"走啊，孙！"金福说。

孙二话没说便坐在了车身的另一边。

"推车去！"金福用那种不容置辩的口吻喊道。

"东家……这……让我……我！……"孙答道，他的两条腿当即软了下来，就像装载过重的马儿。

"要怪怪你自己，怪你的嘴巴，怪你干的蠢事！"

"走啊，孙！"弗利和克莱格说道。

"把车套上！"金福望着不幸的仆人尚剩的那点尾巴，重复说道，"推车啊，畜生，当心别绊着脚，要不！……"

金福伸出右手的中指和食指，做成剪刀那样一夹，十分清楚地补全了他的想法，使孙赶紧把背带套在脖子上，两只手抓住了车辕。弗利和克莱格走在车子的两侧，在微风的帮助下，小队以轻松的小跑起步了。

可不敢描述被贬为骡马的孙有口难辩、无能为力的恼怒！还好，克莱格和弗利不时地替换一下他。最为幸运的是，有南风不停地相助，顶

孙赶紧把背带套在脖子上,两只手抓住了车辕。弗利和克莱格走在车子的两侧,在微风的帮助下,小队以轻松的小跑起步了。

掉了四分之三的活计。独轮车因为中心轮子的位置而保持平衡,推车人的工作便只剩下像一艘船上的舵手把住舵杆就行了:他只需把握好方向。

在中国的北方各省,人们所看到的金福的形象就是这样的,他置身在这样的装备中。有时候脚坐麻了,他就下来走走,想要休息了,他便坐车上。

就这样,金福避开了河南府和开封,沿着著名的大运河河岸北上。不过二十年前,那时,黄河还没有返回它的古河道,运河还堪称是一条漂亮的水路,它从茶乡苏州①起始,一直通往北京,长达数百法里。

就这样,他穿过济南、河间,进入北直隶省,中华帝国的四朝国都北京便在这个省里。

也就这样,他经过天津。这个四十万居民的大城市由带封锁壕的大墙和两个要塞拱卫,由大运河和北运河的连接形成的海港组成。这里进口曼彻斯特的棉花、羊毛、铜、铁,德国的火柴、檀香木;出口红枣、睡莲花瓣、鞑靼海峡的烟叶。贸易额达十七亿法郎。然而,金福甚至都没想到去这个奇特的天津看一看那个著名的十八层地狱塔;也没去东郊有趣的灯笼街和旧衣街;也没去穆斯林刘老基开的会宾楼吃个饭,那里的酒,也不管穆罕默德会作何想法,反正很有名。他没去李中堂府呈送大红拜帖——原因不说自明,李从1870年起任直隶总督兼北洋大臣,内阁元老,并膺太子少保,赐黄马褂。

不!金福一直坐车,孙一直推车,穿过盐袋堆积成山的码头。他们经过郊区,英美租界,跑马场,覆盖着高粱、大麦、芝麻、葡萄的农田;种植着五花八门的蔬菜和水果的菜园果园;鹰隼、灰背隼和燕隼追逐下成千

---

① 这里应该是杭州,原著有误。

上万只野兔、山鹑、鹌鹑乱窜的田野。四个人沿着通往北京的二十四法里石板路,走在各种树木和河岸边高大的芦苇之间。就这样,他们平安无事地到达了通州,金福始终值二十万美元;克莱格和弗利跟旅行开始时一样扎实;孙气急败坏、一瘸一拐,拖着疲惫不堪的两条腿,头顶上的尾巴已经只剩下三寸了!

　　那天是6月19日。给王的期限还剩七天就完了!

　　可是,王在哪儿呢?

第13章　在这里,我们听到了流行一时的《百岁老人叹五更》

"先生们,"就在独轮车进入通州城郊停下来的时候,金福对他的两名保镖说道,"我们离北京只有四十里①路了,我的想法是在这里停下,一直住到我和王说定的协约失去法律效果的日子。在这个有四十万人口的城市里,只要孙别忘记他侍候的是季楠,一个来自陕西省的普通商人,我要保持不为人所知是很容易做到的。"

不,这一点孙是肯定忘不了了! 他的笨拙使得他在最近一个星期干上了骡马的活儿,他只是希望金福先生……

"季……"克莱格说。

"楠!"弗利补充道。

……再也不要改变他平时的功能。而现在,鉴于他已经筋疲力尽,他只请求金福先生……

"季……"克莱格说。

"楠!"弗利重复道。

……允许他至少睡上四十八个小时,不间断地连续四十八小时,或者该说完全"卸下笼头"②的四十八个小时!

---

① 相当于四法里。——作者原注。
② 此处暗示孙推车成了骡马,累昏了头。

"你要是愿意,睡上一个星期都行!"金福答道,"那样,至少,我倒是可以省心,你睡眠中不会去多嘴多舌!"

说着,金福和他的伙伴们便着手寻找合适的旅馆,这样的旅馆在通州并不少。这个地域颇大的城市说实在就是北京的一个巨大的郊县。把它和首都连接起来的石板路,道路两侧都是别墅、房屋、小村庄、坟墓、小宝塔、青翠的院落,而在石板路上,车辆、骑马的人和步行的人来来往往、络绎不绝。

金福熟悉这座城市,他让人带他去太皇庙,"供奉君主们的寺庙"。那其实就是一个改成旅店的和尚庙,外乡人可以在那里居住得相当舒服。

金福、克莱格和弗利当即在庙里安顿了下来,两位保镖一个房间,就在他们珍贵的客户住的房间隔壁。

至于孙,他消失不见,去指定给他的角落睡觉去了,大家再也没见到他。

一小时后,金福和他那两个忠实卫士走出房间,胃口不错地用了餐,然后,考虑现在该干什么。

"最好,"克莱格和弗利答道,"读一读《京报》,看看上面有没有和我们相关的文章。"

"你们说得没错,"金福答道,"也许我们能得知王现在的情况。"

于是,三个人走出旅馆。出于谨慎,两名保镖走在他们客户的两侧,打量着过往的行人,不让任何人靠近。他们就这样穿行在城里狭小的街道上,来到了码头。在那里,他们买了一份《京报》,贪婪地读着。

什么都没有!只有那条凡是向威廉·J.比杜尔夫报告上海的王先生目前住处者可得赏金两千美元或一千三百两银子的告示。

"这么说,"金福说道,"他没有再出现!"

"可见,他没有看到关于他的告示。"克莱格答道。

"因此,他恐怕以为委托书仍然有效。"

"可他会在哪儿呢?"金福嚷道。

"先生,"弗利和克莱格说,"您是不是觉得协议的最后几天对您来说更危险呢?"

"毫无疑问,"金福答道。"如果王不知道在我的处境里突现的变化,这似乎很可能,他便不会停止承诺。因而,一天、两天、三天后,我的危险会更甚于今天,而六天后,还要严重!"

"然后,过了期限呢?……"

"那时,我就再没什么可害怕的了。"

"那么,先生,"克莱格和弗利答道,"也只有三种办法能让您在这六天里避开任何危险了。"

"第一种办法是什么?"金福问道。

"那就是返回旅馆,"克莱格说,"把自己反锁在房间里,等这个期限过去。"

"那第二种呢?"

"设法让您作为歹徒被抓起来,"弗利答道,"好让您在通州监狱里保证安全。"

"还有第三种?"

"让人以为您死了,"弗利和克莱格答道,"然后,等您完全恢复安全了再复活。"

"你们不了解王!"金福嚷道,"王总能找到办法进入我的旅馆,我的监狱,我的坟墓!他之所以至今没有刺杀我,是因为他不想,是因为他觉得能给予我乐趣或者让我处于等待的忐忑之中更好一些!谁知道他出于怎样的动机?不过,不管怎么样,我还是喜欢在自由中等待。"

"等待！……可是！……"克莱格说。

"我觉得……"弗利补充道。

"先生们，"金福用生硬的口气答道，"我该做什么就做什么。总而言之，如果我在这个月25日前死了，你们的公司会损失多少啊？"

"二十万美元，"弗利和克莱格答道，"我们公司将赔偿您的权利持有者们二十万美元！"

"而我的损失则是我的全部家当，还不算这条命！因此，这件事情跟我的利害关系更大！"

"非常正确！"

"确实如此！"

"因此，请你们继续监护我，你们认为该怎么做就怎么做，而我，我将随我的心意行事！"

完全无可辩驳。

因此，弗利和克莱格只能局限于加倍谨慎，更加紧密地看住他们的客户。然而，他们并不掩饰这一点，局势正一天天变得越发严重。

通州是天朝帝国最古老的城市之一。它坐落于北运河的一条臂膀上，处于另一条连接它和北京的运河的起点，这里集中了大量的商贸活动。它的近郊老百姓来来往往，极其热闹。

金福和他的两个伙伴来到码头的时候，更为这里的繁忙感到震惊，码头边停靠着小船和商用帆船。

总之，克莱格和弗利在细细地权衡利弊之后，最终认为置身于人群之中还是比较安全。他们的客户如果死了，死亡原因从表面上看应该是自杀。就这方面而言，在他身上找到的那个纸条不会留下任何怀疑。因此，王所关心的只剩下在什么环境下行刺了，在人来人往的马路和公众广场动手是不行的。由此推断，金福的卫士们不用害怕现时的攻击。他

们需要在意的唯一的一件事是,了解这个太平军的老兵是不是从上海起就神出鬼没地跟踪他们。所以,他们目光炯炯,打量着来往的行人。

突然,有人喊出一个名字,让他们当即竖起了耳朵。

"金福!金福!"人群中有几个中国小孩,拍着手,又跳又蹦地叫喊着。

金福被认出来了?他的名字产生了惯常的效果?

主人公不由自主地停下脚步。

克莱格和弗利做好了准备,需要的话,用自己的身体挡在他前面。

这些叫喊声却不是对着金福发出的。谁都没想到他会出现在这里。因此,他没有做出任何反应,而他好奇,想知道为什么刚才有人叫他的名字,他等了等。

一群男人、女人和小孩子把一个说书人围了起来,这个流浪艺人似乎很受这些马路听众所欢迎。他们叫喊着,拍着手,先自向说书人表示赞赏。

说书人看到周围已有足够多的听众,便从长衫里掏出几条彩色美化的横幅,然后,用响亮的嗓门说道:

"《百岁老人叹五更》!"

这便是在天朝帝国广泛流传的轰动一时的咏叹调啊!

克莱格和弗利想把他们的客户拉走,然而,这一回,金福固执地留下了。谁都不认识他。他还从来没听过这首讲述他的所作所为的悲歌。他想要听听歌中说些什么!

说书人开始唱道:

"一更天,月亮照在上海寓所的尖顶上。金福还年轻。他才二十岁。他就像春天的杨柳,刚绽出绿色的尖尖的舌头!"

"二更天,月亮斜照在富裕的寓所上,金福四十岁。他百业兴旺如所愿。邻里们无不大加称颂。"

说书人改变着面容,仿佛每唱一段便要衰老一些。听众不停地报之以掌声。

他继续唱道:

"三更天,月亮当空照。金福六十岁。夏天绿叶后,秋季菊花黄!"

"四更天,西边月亮落下去。金福八十岁!身躯佝偻,就像沸水中的虾,他和玉兔一起走上了下坡路!"

"五更天,鸡鸣熹微中,金福一百岁。他实现了最强烈的欲望,寿终正寝;可是,可恶的阎王拒不接纳他。阎王不爱这大年纪的人,怕他们在殿上唠唠叨叨!老金福,找不到地方歇歇脚,永远浪迹天涯!"

人群响起掌声,接着,说书人便成百成百地出售他的悲歌,三个铜板一本!

金福干吗不也买上一本?他从口袋里掏出一把零钱,满满的一把,然后,隔着前面几排听众,把手伸上前去。

突然,他的手张开了!那把铜钱从手里掉出来,散落到地上……

在他对面,站着一个人,和他四目相视。

"啊!"金福叫了一声,他克制不住这声呼喊,既带有疑问,又不乏惊讶。

弗利和克莱格把他围住,以为他被认了出来,遭到威胁,被人刺杀,甚至也许已经死了!

"王!"他喊道。

"王!"克莱格和弗利重复道。

那个人正是王!他刚瞥见自己从前的学生。然而,他不是飞身扑上前来,而是相反,使劲推开人群的最后几排,拔腿逃走,他的腿够长的!

金福毫不犹豫。他想要弄个明白,自己这难以忍受的处境究竟是怎

么一回事,在既不想超前,又不愿落后的弗利和克莱格护卫下,开始追赶王而去。

弗利和克莱格也认出了老不见人影的哲人王,并且从后者刚显现的惊讶中明白了,就像金福没想到会在这儿见到他一样,他也没想到会在这儿遇到金福。

现在,王又为什么要逃跑?这很不好解释。可他还是逃跑了,就像整个天朝帝国的警察在他身后紧追不舍。

这追得让人莫名其妙。

"我没有破产!王,王!没有破产!"金福叫喊着。

"富裕!富裕!"弗利和克莱格重复道。

然而,王跑远了,距离太大,听不到应能拦住他的这些话。就这样,他沿着运河,穿过码头,来到西郊的入口。

后面追赶的三个人跑得飞快,可丝毫不能缩短距离。倒是前面逃跑的人仿佛把他们拉得越来越远了。

五六个中国人会同金福一起追赶,还不算四五个地保,把跑得那么快的人当成了歹徒。

这群气喘吁吁、大喊大叫的人,沿途还有许多志愿者加入,场面惊人!在说书人周围,大家清楚地听到金福呼喊着王这个名字。幸好,哲人没有还之以他的学生的名字,要不,全城老百姓都会跑来追赶一个如此有名的人了。然而,突然明示的王这个名字便足矣。王啊!他就是那个谜一般的人物,发现他可以得一大笔赏银呢!这一点大家都是知道的。以致,如果说,金福在追赶他的八十万美元的财产,克莱格和弗利则在追赶二十万保金,其他那些人则盯着承诺的两千赏银,因此,可以说,就是这个让大家脚下生风。

"王!王!我比以前更有钱了!"金福始终在说,只要迅速奔跑还能

"王！王！我比以前更有钱了！"金福始终在说，只要迅速奔跑还能让他喊叫。

让他喊叫。

"没有破产！没有破产！"弗利和克莱格反复喊道。

"拦住他！拦住他！"一大群追赶者呼喊着，他们的人数像滚雪球似的越来越多。

王什么都没听到，他手肘贴着胸口，不想为答话费劲，也不想为回头看一眼减慢速度。

郊区跑完了。王飞速登上运河边的石板路。在这条当时几乎不见一人的路上，他完全获得了自由。他跑得更来劲儿了。然而，很自然，追赶者们也在加倍努力地追赶。

这种疯狂的赛跑持续了将近二十分钟。没有任何迹象能让人预料到会有这样的结果。然而，逃跑者仿佛开始显出有些气力不加。迄止此时他尚能维持的和追赶者之间的距离有缩小的趋势。

因此，王，感觉到了这一点，往道路右侧一拐，消失在一座小塔的绿色院落里。

"拦住他者赏银一万两！"金福大喊道。

"一万两啊！"

"呀！呀！呀！"人群中跑在最前面的几个大声吼叫。

所有的人全都扑向右侧，跟着哲人的踪迹，绕过宝塔的院墙。

王重又出现。他沿着一条灌溉渠，跑在一条横向的小路上，然后，为了迷惑追赶者，他又拐了一个弯，再次登上石板路。

然而，在那儿，很明显，他已经精疲力竭，因为他回了好几次头。金福、克莱格和弗利却依旧那么有劲儿。他们跑，他们飞，没有一个追逐赏银的人能超前他们几步。

结局很快就能见分晓了。现在已经只是个早晚问题，而且，相对来说是在很短的时间里——最多几分钟。

124

所有的人，王、金福、他的伙伴全都来到了大路架在河上的那座著名的八里桥。

十八年前，1860年9月21日，在北直隶省的这个地方上，他们是不可能如此自由奔跑的。当时路上挤满了另一种类型的逃跑者。皇叔僧格林沁将军的部队被法国军队击溃后，在这座八里桥上暂作休息。这座桥有白色大理石护栏，两行巨大的石狮子，是一件十分漂亮的艺术品，而就在那儿，信奉宿命论的清朝将士，勇猛得无与匹敌，却被欧洲大炮的炮弹捣碎了。

然而，这座雕塑遭到损毁，残留着这场战役的痕迹的桥，此时此刻却通行无阻。

越来越虚弱的王急急横穿河堤。金福和其他人，拿出吃奶的劲儿，越来越接近。很快，他们之间的距离还剩二十步，接着，十五步，接着，只有十步了。

不必再尝试用那些无效的，他听不见，或者不愿意听进去的语言去拦住王了。必须赶上他，抓住他，需要的话把他捆起来……然后，再作解释。

王很清楚自己就要被追上了，然而，仿佛出于说不明白的执念，他怕和他旧时的学生面面相对，他竟至宁肯送了老命也要躲开他。

只见他一跃而上桥边的护栏，纵身跳进北运河里。

金福停了一下，大声呼唤："王！王！"

接着，他也一跃而起，跳进河里，嘴里嚷道："我一定要把他活着找回来！"

"克莱格？"弗利说。

"弗利？"克莱格说。

"二十万美元掉水里了！"

金福停了一下,大声呼唤:"王!王!"

接着,他也一跃而起,跳进河里,嘴里嚷道:"我一定要把他活着找回来!"

说着,两个人越过护栏,跳下水去抢救会让百年公司破财的客户。

有几个志愿者跟随着他们。那就像一串小丑在练习弹跳板。

可是,那么火热的热情全都化成了泡影。金福、弗利和克莱格及那些重赏下的勇夫白白地在北运河里搜索,都没能找到王。也许,他被水流卷走了,倒了霉的哲人漂得不知去向。

王纵身入水的时候,只是想躲开追赶者,或者出于什么神秘的理由,难不成他想结束自己的生命?谁都说不清楚。

两小时后,垂头丧气的金福、克莱格和弗利,身上干了,精力恢复了,孙被从沉沉的酣梦中唤醒,如我们能够想象的那样怨言不迭,他们登上了去北京的路途。

第14章 在此,读者可以在一座城市里看到四座城市

北直隶,中国十八个省份中最北边的省,被划分为九个区,其中之一的首府为顺敬府,意思是"顺从上天的一流城市"。这个城市便是北京。

请读者想象一个面积为六千公顷,周长达八法里的七巧板,那些不规则的板块得填满一个标准的长方形,这就是那个神秘的汗八里克①。十三世纪末,马可·波罗曾对它做出过那么奇特的描述,这便是天朝帝国的首都。

实际上,北京包括两座不同的城市,中间隔着一条宽阔的大道和一道设防的城墙:其一是汉人城,呈四边平行的长方形;另一个是满人城,几乎是完美的正方形。满人城里又有两个城:黄色的城——或者叫紫禁城;红色的城或者叫禁卫城。

以前,整个这些地区的人口达二百多万。可是,极度的贫乏导致人口外流,使这个数字减到最多只有一百万了。他们是满族人或汉人,另外还有一万左右穆斯林,以及一定数量的蒙古人和西藏人,构成流动人口。

这两个重叠的城市地图相当像一口低矮的农村碗柜,汉人城像食品

---

① 蒙语,"汗城"的意思。

柜，满人城则像餐具柜。

设有防御工事的六法里城墙，高和宽都有四十到五十英尺，外墙加了一层砖，每隔两百米有一个突出的塔楼守卫。城墙围绕着满人城，城墙上石板铺地，是一个绝妙的散步场所，尽头立着四个巨大的角堡，卫戍部队便据守在角堡平台上。

从而可见，皇帝——天子——被保护得严严实实。

黄色的城即紫禁城在满人城的中央，面积六百六十公顷，城墙上开八个门，城里有一座煤山，高三百米，是整个首都的制高点；一条极佳的渠道，叫"中南海"；上面架着一座大理石桥，两个和尚的修道院，一座科举宝塔，建造在一个半岛上的寺庙——白塔寺——仿佛就悬浮在清澈的水面上；天主教传教士们的机构北塘、天坛，坛顶声音响亮的铃铛和青色的瓦片使之声色并茂；还有供奉本朝列祖列宗的太庙、神灵寺、风神庙、雷公祠、丝祖庙、天王庙、五座神龙阁、永宁隐修院等等。

然后，紫禁城便隐藏在这个四边形的中央，面积八十公顷，周围一条护城壕，壕里灌满了水，上面架着七座大理石桥。毋庸赘言，既然当政的是满人，居住在这三座城市的第一座中的当然主要是这个民族的人。至于汉人，他们被搁置在外，打发去了碗柜的下面，附属的城市里。

我们从南边的城门，只有皇帝和皇后们出入时才打开的天安门走进这座紫禁城里，城周围着红砖墙，墙上顶着金黄色的琉璃瓦。那边矗立着满清王朝的太庙，遮蔽在双层彩色琉璃瓦屋顶下，社稷坛则用于祭祀人间和天庭的神灵。太和殿用于盛大庄严的活动和御赐宴席；"中和殿里可见天子列祖列宗的画幅。太和殿中央大殿放着皇帝的宝座。内阁楼上是帝国高参们办公的地方，由洋务大臣、当今皇上的叔

父恭亲王①主持。文华殿是皇帝每年都要去讲一次经书的地方;传心殿是祭祀孔夫子的地方;御书房是历史文献编纂室;武英殿是保存用于印书的铜版和木版的地方;天清宫是商议家族事务的地方;坤宁宫是安顿年轻的皇后的地方;养心殿是皇上休息养身时退居之处;有三处宫室专用于抚养皇帝的儿女;还有先祖祠;四所供1861年驾崩的咸丰的遗孀和其他女人居住的宫殿;储秀宫,皇帝配偶们的住处;乐善殿,用于正式接待宫廷贵妇;普宁宫——奇怪的称呼——这是培养高级军官子女们的学校;斋清宫;玉清宫——由王子们居住;城隍庙;一座西藏建筑风格的庙宇;皇家库房;宫廷内务部;太监们的居住处老公居,他们在红城里的人数不少于五千。最后还有一些亭台楼阁,使它们在皇城里的数量达到四十八座,还不算位于黄色城湖畔的紫光阁,"大红色光芒的"小楼,1873年6月19日,皇帝曾在那里亲自接见合众国、俄罗斯、荷兰、英国和普鲁士等五国的使臣。

有哪个古代的集聚地曾集中过形貌如此不同,奇珍异宝如此丰富的建筑?甚至于有哪座城市,哪个欧洲国家的首都能报出这么一长串的单子来?

而在这一番罗列名称之外,还得加上万寿山,离北京两法里的圆明园。这座夏宫于1860年被焚毁②,现在在它的废墟中只能找到它的"善辉和宁辉"两个花园,它的"玉泉峰"和"万寿山"了!

在黄色城周围的便是满人城。法国、英国和俄罗斯的使团;伦敦教

---

① T.舒泽先生在他的题为《北京和中国北方》的游记中就恭亲王作了以下的描述,值得我们一提:那是在1870年,让法兰西十分遗憾的血腥战争期间(指普法战争),我不知道出于什么原因,恭亲王走访各国外交使臣。他访问过程中的第一站便是法国使团,从此开始他的这次外交活动。我们刚刚得悉色当失利(法国军队全军覆没,小拿破仑皇帝当了俘虏)。当时负责法国事务的罗什舒亚尔伯爵先生把这个消息告诉了亲王。亲王让人叫来了他的一名随行官员:"给普鲁士使团送一张拜帖去。就说我要明天才能过去。"接着,他转过身来对罗什舒亚尔伯爵说:"我不能在向法国代表表示慰问的同一天,合乎礼仪地向德国代表表示祝贺啊!"恭亲王在任何地方都不失为是亲王。

② 这里指的是英法联军火烧圆明园。雨果曾怒斥他们的暴行,凡尔纳也发出了正义的呼声。

会医院;东方和北方的天主教使团;以前饲养大象的象圈——现在只剩下了一头,还是个独眼,已有一百岁了——便都安顿在那里。那里还矗立着绿瓦镶边红顶的钟楼,孔庙,一千喇嘛的修道院,法华寺,带有巨大的四方塔的古观象台,耶稣教士的衙门,参加入闱考试的文人们的衙门;还矗立着西方和东方的凯旋门;流淌着北海和芦苇海,海面上厚厚地覆盖着碧荷和蓝色的睡莲;来自夏宫的水注入黄城的人工渠。那里可见宗室亲王们居住的府邸,户部、礼部、兵部、工部、洋务部的尚书官邸;还有审计法院,星象裁定所,太医院。这一切杂乱无章地显现在夏日扬尘、冬月流水的狭窄的街道上,大多数紧邻着破旧低矮的小屋;小屋之间偶尔高耸出一个绿荫遮蔽的宾馆。然后,穿行在拥挤的街道上的是一些流浪狗;驮着泥煤的蒙古骆驼;按照品级由四人或八人抬的大轿;二人抬的小轿;骡车;运货马车;穷人——他们,按照舒泽先生的说法,组成了有七万乞丐的独立丐帮。而,"在这些被臭烘烘的黑色泥浆淤塞的街道上,"P.阿莱纳先生说,"有时还积满了水,深得淹没了腿肚子,有一两个盲人叫花子淹死在里面并不罕见。"

从不少方面来看,被称作外城的北京的汉人城还挺像满人城,可它在有些方面确实很是不同。

有两座著名的庙宇占着南部地区——天坛和先农坛。除此之外,还得加上观音庙,土地庙,净礼寺,乌龙庙,天灵寺和地灵寺,一个个的金鱼池,法源寺,一些集市,几个剧院,等等。

这个平整的长方形,从北到南被一条名字叫长街的主干道分割成两半,长街南面起自永定门,北至天安门。这个长方形横向的还有一条更长的干道,东起杉呱门,西至宽住门,成直角切断长街。它的名字就叫杉呱大街,未来的金福夫人便住在这条街上,离它和长街的相交点一百步的地方。

我们记得,年轻的寡妇在收到那封告诉她金福已破产的信之后几天,收到了第二封信,信里否定了前一封信的内容,并且告诉她,七月份结束之前,"她的小哥哥",必定会回到她的身边。

如果说,雷鸥从这一天,即5月17日起,扳着指头计算日子和时辰,这也是毋庸赘言的。然而,从此,金福杳无音讯,他开始了荒唐的旅行,在这期间,不管是什么理由,他都不会愿意暴露自己异想天开的行踪的。雷鸥给上海写了信。她那些信一封封如泥牛入海。因此,我们想象得出她有多么不安,直至6月19日,她都还没有接到一封回信。

就这样,在度日如年的日子里,她没出过杉呱大街的家门。她等着,焦虑不安。讨厌的南并不来安慰她的孤独。这个"老大娘"比什么时候都更胡作非为,一个月把她赶出去一百次都不嫌多。

在金福来到北京之前,依然还是这没完没了的不安的时日啊!雷鸥数着数着,这个数目仿佛就那么长!

如果说,老子的道教是中国最古老的宗教,如果说孔子的学说,发布于同一时期(公元前500年左右),为皇帝、文士、高官们所遵循的却是佛教,佛祖的宗教,在人世间拥有最多的信徒——将近三亿。

佛教分成两个支派,以穿灰色衣服,戴红色帽子的和尚为使徒的一派和穿黄衣戴黄帽的喇嘛为另一派。

雷鸥是前面那个支派的佛教徒。和尚们经常看到雷鸥来供奉观音大士的观音庙①。她来到庙里上香叩拜,五体投地,为她的朋友许愿祈福。

那一天,她想再次去祈求观音菩萨,许下更加热切的心愿。有一种预感告诉她正有什么严重的危险威胁着她等待着的,合情合理地为之担

---

① 原文是关帝庙。显然是作者写错了。文中这样的错误还有,译者有时不改,让读者看到十九世纪法国人了解的中国,不无趣味。

和尚们经常看到雷鸥来供奉观音大士的观音庙。她来到庙里上香叩拜,五体投地,为她的朋友许愿祈福。

心的那个人。

因此，雷鸥叫来"老大娘"，让她去长街路口找一顶轿子。

南一如既往，厌烦地耸耸肩膀，出去执行她接到的指令。

此时，年轻的寡妇独自一人待在小客厅里，惨兮兮地望着默不作声的留声机，那里再也听不到不在身边的那个人遥远的声音了。

"啊！"她说，"至少，得让他知道，我不曾中断过对她的思念，我要让我的声音在他回来的时候不停不停地告诉他这一点！"

于是，雷鸥按下启动录音滚筒的弹簧，大声说出她的心灵向她启示的最温柔的话语。

南突然进来，打断了这番温情脉脉的独白。

轿子等着夫人呢。"其实，她还不如待在家里"！"老大娘"嘟哝了一句。

雷鸥没听她的。她当即出门，留下"老大娘"去尽情嘀咕，她说了声送她去观音庙，便上轿坐稳了。

去观音庙一条道笔直，只要在路口拐个弯，顺着长街上行到天安门就行。

然而，小轿走得不无艰难。因为，此时街上还在做买卖，这个地段的拥堵依然十分严重，这是京城人口最稠密的地方。马路上，赶集商人的临时木棚让街道变得像个市场，就听得千百种撞击声和叫卖声此起彼伏。然后还有迎风演讲的，说书人，算命先生，照相的，画像的，他们吆喝着，对官家的权威不甚尊敬，把他们的调调掺和进一片喧哗之中。这边过来一支送殡的队伍，大吹大擂，阻塞交通；那边却在迎亲，迎亲的好像还没有葬礼队伍来得欢快，却也一样地拥堵。在一个行政官员的衙门前，一个叫冤的人击响了"鸣冤鼓"，要求青天大老爷为他做主。在"溜坪石"上，跪着一个歹徒，他刚受了杖刑，由警司衙门戴着满人红顶圆帽的士兵们看守着,他们一个个手执短枪,刀鞘里插着双刀。稍远处,几名不甘驯服的中国人,尾巴被系在了一起,被带去兵站。更远处有一个可怜的家伙,左手和右脚被塞进一块木板的两个洞里,一瘸一拐地走着,像个奇怪的动物。接着,那是个贼,关在木笼子里,他的脑袋伸出在笼子上,任由公众责罚;然后,另有几个人带枷而行,垂着头犹如套上轭的老黄牛。这些不幸的人显然在寻找常来的地方,他们希望,凭借路人的好心,让乞丐们吃点亏,使他们得到最好的收益。五花八门的乞丐,有断臂的,瘸腿的,瘫痪不能动的,由独眼引路的一串串盲人,千百种真真假假的残疾人,麇集在中华帝国的这些城市里。

因此,轿子走得很慢。拥堵因为它接近城外的大道而越来越厉害。然而,它还是到了,在观音大士的神庙附近,守卫城门的工事里停了下来。

雷鸥走下轿子,进了庙宇。她先跪倒在地,然后在大士的神像前叩拜。拜完后,她向一个宗教器械走去,那东西叫"祈愿轮"。

那是个纺车似的东西,上面有八根枝干,枝干头上夹着小条,写着开了光的警句格言。

一个和尚严肃地在轮子边等待着善男信女,尤其是等待着善款。

雷鸥交给佛祖的侍者几两银子,用作香火钱。接着,她伸出右手,抓住纺车的摇柄,左手捂住心口,略微用劲摇动。也许,轮子转动得不够快,以至祈祷不见效果。

"更快一些!"和尚打个表示鼓励的手势,对她说道。

于是,少妇摇得更快!

就这样持续了一刻钟,然后,和尚一口咬定,祈求必将如愿以偿。

雷鸥再次拜倒在观音大士的神像前,走出庙门后,回到她的小轿上,打道回府。

一个和尚严肃地在轮子边等待着善男信女,尤其是等待着善款。

然而,就在走上长街的时候,轿夫们急急闪过一边。几名士兵粗暴地驱赶着挡道的百姓。商铺奉命关门。横跨长街的那些马路口,在地保们的守护下,拉起了蓝色的布幔。

一个人数众多的随行队伍占据了大街的一部分,喧喧嚷嚷地向前而行。

那是光绪皇帝,他的年号的意思是"光辉的继续",他正起驾返回他的满人城,正中的城门即将为他洞开。

两名步哨走在头上,在他们后面的是一队前锋,然后是一队驯马师,分成两行,斜背着一根棍子。

在他们后面的是一群高级军官,他们打着一个带镶边的黄色华盖,上面绣着金龙,龙是皇帝的象征,就像凤凰是皇后的象征一样。

然后出现的是一顶十六个人抬的大轿,黄色绸缎的轿帘撩了起来。十六名轿夫穿着红色的袍子,袍子上点缀着白色的蔷薇花饰,袍子外套着凹凸纹绸缎马夹。几名宗室亲王和达人贵胄跨着标志高贵的黄缎子鞍鞯的大马护送着龙辇。

天子半躺在龙辇里,他是同治皇帝的堂弟,恭亲王的侄儿。

走在龙辇后面的是马夫和换班的轿夫。接着,全体护卫人员进入天安门,路上的行人、商贾、乞丐皆大欢喜,他们可以重新干他们的营生了。

雷鸥的小轿也便继续赶路,把她送到离开了两个小时的家门口。

啊,大慈大悲的观世音菩萨为少妇准备下了何等样的惊喜啊!

就在小轿停下来的时候,一辆由两头骡子拉着的车,风尘仆仆地靠近门口停下。金福从车上走下来,后面跟着克莱格和弗利还有孙。

"你!你!"雷鸥叫道,她都不敢相信自己的眼睛了!

"亲爱的小妹妹!"金福答道,"你没想到我会回来吧!……"

雷鸥没有回答。她抓起男友的手,把他拉进小客厅,站在小录音

机——对她所承受的痛苦守口如瓶的知己密友的前面！

"我没有一刻不在等待着你啊，亲爱的绣花丝绸心儿！"她说。

说着，她移动滚筒，按下弹簧，让滚筒转了起来。

于是，金福听到了柔情似水的雷鸥几个小时前录下的如怨如诉的声音：

> 回来吧，亲爱的哥哥！回到我的身边来吧！愿我们的心像牧人星和天琴星那样再不分离！我全心全意地想要你回返……

机器沉默了一秒钟……就只有一秒钟。然后，又响了起来，然而，这一回，却是个咋咋呼呼的声音：

> 家里有个女主人还不够，还得来个男主人！愿阎罗王把他们俩都掐死！

后面那个声音太好辨认了。那是南的破嗓门。令人讨厌的"老大娘"在雷鸥走后还继续叨叨，而这时，机器却没有停下，在她没料到的情况下，录下了她不慎的话语！

女用人男仆们哪，你们可得小心着点儿录音机啊！

就在这一天，南被辞退了，还没等到七月份的最后一天，她就被扫地出门了！

第15章　给金福一个意外，也许还会让读者感到意外

上海富裕的金福和北京可爱的雷鸥的大婚不再有任何障碍。给予哲人王的让他兑现承诺的日子只剩下六天就过去了。然而，不幸的哲人为他莫名其妙的逃逸付出了生命的代价。从此再也没有什么可惧怕的了。婚礼也就可以举办了。日子便定在六月的第二十五天，这个曾被金福定为他生命的最后一天的日子！

这时，少妇得知了整个情景。她得知了这个先是不愿意让她陷入贫困，后又不想让她变成寡妇的男人，刚经历了哪些不同的磨难。他回来了，终于能让她幸福了。

然而，雷鸥，当她获悉哲人的死讯，她禁不住珠泪纷纷。她了解他，她喜欢他，他曾是第一个知道她心仪金福的秘密的人。

"可怜的王！"她说，"我们的婚礼真不该少了他啊！"

"是的，可怜的王！"金福答道，他也一样深深地怀念这位他年轻时代的伴侣，二十年的老朋友。"不过，"他补充道，"他会像他发过的誓言那样杀了我！"

"不，不！"雷鸥摇晃着她美丽的脑袋说，"也许，他跳进北运河里寻死，就为了不想兑现那个可怕的承诺！"

唉，这样的假设也太能让人接受了，王为了逃避所委托的义务而跳

河自杀。在这一点上，金福想的和少妇想的一样，这里有两颗心，在这两颗心里，哲人的形象是永远都不会被抹去的。

毋庸赘言，八里桥事故之后，中国报刊已不再刊登可尊敬的威廉·J.比杜尔夫的那些可笑的告示，以至让金福的碍手碍脚的那个知名度，就像鹊起时那样顿时便烟消云散了。

那么，现在，克莱格和弗利该怎么办？他们受命保护百年公司的利益，直至6月30日，也就是说，还有十天，可是，实际上，金福已经不再需要他们的效力了。还用得着担心王向他的人身发起攻击吗？不，因为王已经不在了。他们还需要担心他们的客户把罪恶的手击向自身？更不需要。现在的金福只想活着，好好地活着，尽可能活得长久。因此，弗利和克莱格日夜不息的监护已经没有了存在的理由。

然而，不管怎么说，这两个怪人却是正直的人。他们的忠诚，对百年公司的客户绝无二话，他们绝不会因此不再恪尽职守，他们依然无片刻懈怠。所以，金福请求他们参加她的婚礼，而他们便欣然接受了。

"况且，"弗利开玩笑地对克莱格说，"结婚有时候就是自杀！"

"人们结婚既保全生命又献出生命。"克莱格带着可爱的微笑答道。

从第二天起，南在家里的位置便由另一个更为合适的人所取代。少妇的一个姨妈，即吕黛露夫人来到了她身边，并且将代行母亲之责直至举办婚礼。吕黛露夫人的丈夫是一名蓝色顶珠的二等四级文官，曾任皇帝侍读，翰林院院士。夫人具有完成这些重要职司所必需的物质和精神上的全部资质。

至于金福，他打算婚礼后即离开北京，他不是那种喜欢待在皇城根下的天朝人。只有看到他的年轻的妻子在富裕的上海衙门里安顿好了，他才会踏踏实实地感到幸福。

因此，金福选择了一处临时寓所，他在天福堂找到了他所需要的一切。天福堂,"天庭幸福的庙堂",位于满人城和汉人城两城之间的天安门大街附近,是一个住得舒服,吃得又好的旅馆。克莱格和弗利也住在这里,他们习惯性地下决心不离开他们的客户。至于孙,他继续伺候主子,嘴里不停地嘀嘀咕咕,只是会先小心翼翼地看一下,旁边有没有什么守不住秘密的录音机。南的遭遇使他略有谨慎。

金福很高兴在北京又见到了他广州的两个朋友,大宗批发商尹胖和文士华尔。另一方面,他在京都还认识一些官员和商人,他们无不把出席这次大礼视作理所当然的责任。

从前的那个无动于衷的人——哲人王的对什么都十分冷漠的学生——现在,他真的感到了幸福!两个月的焦虑、忐忑、烦恼,整个这段时期动荡起伏的生活,足以教会他珍惜尘世间现时的、应是的、能是的幸福。是的,睿智的哲人王是对的!可惜他不在,不能再一次地验证他高明的理论了!

除了忙于准备婚礼,金福分秒不离少妇的身边。只要男朋友在身边,雷鸥就感到幸福。还需要借助京都最富庶的商店给她买上一大堆珍贵的礼物吗?她一心想的全是他,并且用经典的 Pan-Hoei-Pan①里明智的格言反复告诫自己:

妇人有了心仪的丈夫,便当从一而终!
妇人对冠上其姓氏的人当无限尊敬,并不断注意自身言行。
妇人在家当如影随形,夫唱妇随。
丈夫是妻子的天。

---

① 这是本什么书?猜不出来了。书中许多人名、地名、书名正正经经地译不出来,往往用广东话或上海方言一念就出来了。邝鑫是光绪,帕里靠是八里桥……译者最初不敢接这本书的译事,原因便在于此;现在接了,猜不出来的地方,就只能请读者原谅了。

此时,金福希望办得十分隆重的结婚庆典正逐步准备就绪。

中国女子随嫁必备的三十双绣花鞋已经整整齐齐地摆放在杉呱大街的寓所里。鑫友阳的糖果,蜜饯、干果,糖衣杏仁,黑刺李露,柑橘,生姜和胡柚,富贵的绸缎料子,精雕细琢的宝石和黄金饰品,指环,手镯,指甲套,发簪,等等,北京珠宝行所有赏心悦目的奇珍异宝在雷鸥的小客厅里堆积如山。

在这个奇怪的中华帝国,女子出嫁不带任何嫁妆。她实际上是被丈夫的父母或者丈夫本人买走的;而在没有兄弟的情况下,她也只有在他父亲做出特别声明的情况下,才能继承部分祖产。这种种条件一般通过被称作"媒人"的中介安排解决,婚事便在这方面的事情统统谈妥后决定下来。这时,年轻的未婚妻便被介绍给丈夫的父母。丈夫见不到她。他要到她坐着紧闭的花轿来到夫家的时候才能见到。这时,有人把花轿的钥匙交给他。他打开轿门。如果他的未婚妻中他的意,他便向她伸出手去;如果说他不喜欢,他会猛然关上轿门,这样,关系就全断了,只是他得放弃给女孩父母送的彩礼。

在金福的婚事中,这样的问题丝毫不会出现。他认识少妇。他不需要找任何人把她买下来。这样,许多事情就简单了。

终于到了6月25日。一切准备就绪。

按照习俗,三天以来,雷鸥家里灯火通明。连续三个夜晚,代表新娘娘家的吕黛露夫人不得合眼——这是在新娘离开父母的家时,表示哀痛的一种方式。如果金福的二老还健在的话,他的家同样也得开着灯火,表示悼念。"因为,"郝九尊说,"儿子结婚当视作丧父的一种图像,这时的儿子仿佛在接替父亲。"

然而,如果说这些习俗用不到两个完全能够自主的人的结合上,还有一些惯例却必须遵循。

比如,属相八字的计算丝毫未被忽略。按照种种规矩算出来的星象标志着命运和性情完全吻合。历元和月龄显示大吉大利。从来还没有哪桩婚事事前有如此令人放心的预兆。

"天福"旅馆迎接新娘的时间定在晚上八点,也就是说,这时,妻子将在吹吹打打中被送到丈夫的寓所。在中国,不存在请民事法官,或神甫、和尚、喇嘛,或其他人作证的说法。

七点钟,金福在住处门口迎接他的朋友们,始终陪伴着他的克莱格和弗利就像欧洲婚礼上的证人,容光焕发。

那么多的礼节!这些名人雅士接到大红请柬的邀约,请柬上用极小的数行楷书写着:上海的金福先生谨致意……先生,恭请……先生光临……卑微的婚礼……

所有的人都很给新婚夫妇脸面,光临婚礼,并入席享用为男人们准备的盛宴,而夫人们则专门另设一桌。

来宾中有富商尹胖和文士华尔。然后,还有一些官员,他们身穿官服,帽子上一颗大得像鸽子蛋的大红珠子,说明他们属于前三品。还有一些,级别较低,只有不透明的蓝色或白色珠子。大多数是汉族文官,一个敌视清朝政府的上海人,他的朋友大抵只能如此了。所有的人都身着华服,色彩亮丽的长袍,吉庆的冠带,组成了一个令人目不暇接的行列。

金福——犹如礼仪的要求——站在旅馆门口迎候。客人一到,他便带他们进入大厅,在每一道由穿着正规号衣的仆人为他们打开的门前,他都要谦让两次,请客人们先行。他称呼着他们的"名讳",他问候他们的"贵体安康",他打听他们"阖府上下"的近况。总之,这般幼稚而真诚的礼仪,一个精明的观察者也难能从他的姿态中找到些微瑕疵。

克莱格和弗利欣赏着这些礼节,然而,欣赏之余,他们丝毫不懈怠地

盯着他们无可指摘的客户。

他们俩心里产生了同一个想法。如果,出于万一,王没有像大家所以为的那样,淹死在河水里呢?……如果,他就混在这些应邀而来的宾客中的话?……六月的第二十五日的第二十四点钟——最后的时限——还没有敲响!太平军老兵的手还没有被解除武装!如果,在这最后一刻……?

不!这不大可能,可是,不大可能就是有可能啊。所以,出于尚剩的谨慎,克莱格和弗利细细地打量着每一个人……总而言之,他们没有看到一张可疑的面孔。

此时此刻,新娘正离开她在杉呱大街的家,坐上封闭的花轿。

如果说金福没有穿上作为新郎官有权穿上的官服——这是古代制定礼仪的人重视婚姻给予的荣誉,雷鸥却遵循上层社会的规矩打扮。她穿着一身漂亮的绣花缎衣裙,她芳菲照眼。她的脸几乎可以说隐藏在一层细密的珠帘后面,富贵的凤冠前额上一圈金饰,珠子仿佛就是从金饰上滴落下来的。宝石和宫花优雅别致地缀满她乌黑的秀发和辫子。等会儿打开轿门,她下轿的时候,金福少不得会觉得她比平时更明艳迷人。

送亲的队伍出发了,在路口拐弯,走上长街,然后沿着天安门大道前行。也许,如果这是一支送殡的仪仗,而不是送亲的队伍的话,人们还会办得更夸张一些。然而,这样已足以引起行人驻足张望了。

雷鸥的一些女友、女伴跟在花轿后面,捧着抱着随嫁物品,排场十分宏大。二十来名乐师走在前面,用铜质乐器吹吹打打,其中那面大锣声音特别响亮。花轿四周忙碌着一群打着五颜六色的灯笼火把的人。新娘始终躲着不为人所见。礼节保留了她的形象,第一个看到她的应该是她的夫君。

送亲的队伍就是在这种情况下,在熙熙攘攘的看热闹的人群中,晚上八点光景到达了"天福"旅馆。

金福站在张灯结彩的大门口,等待着花轿到来打开轿门。打开轿门后,他将扶新娘下轿,然后,把她牵进预留的房里,两个人拜四下天。接着便一起赴婚宴。新娘将对她丈夫福四福。然后,她丈夫还她两个礼。他们将洒落两三滴酒作为浇祭,他们为媒介的神灵献上一些食物。这时,有人给他们端来斟得满满的两杯酒。他们先喝掉半杯,然后把剩下的半杯倒进一个杯子,他们一先一后把它喝干。于是,礼成。

花轿到了。金福上前。一名司仪把钥匙交给他。他接过钥匙,打开轿门,牵上十分激动的美若天仙的雷鸥。新娘款款走下花轿,穿过来宾人群,来宾们把手举到胸前,向她恭敬地垂首致礼。就在少妇要跨进旅馆大门的时候,有人发了个信号。巨大的闪光的风筝顿时腾空而起,在微风的吹拂下摇曳空中,它们色彩斑斓,有龙有凤,还有其他婚姻的象征。一群伊奥利亚鸽子飞起,它们的尾巴上固定一个小小的哨子,使空间充满天籁的和谐。五光十色的烟花啸叫着飞上天空,然后炸开成一阵阵金雨。

突然,远处一个声音传到天安门大道上。那是一些人在叫喊,中间夹着清脆的小号声。接着,一片沉静,过不多久,这个声音重又响起。

这片喧闹声越来越近,很快来到了送亲行列停着的这条街。

金福谛听。他的朋友们不知道怎么办,等待着少妇走进旅馆。

然而,几乎就在这个时候,街上出现一片奇怪的骚动。喇叭声声,越来越近,越来越响亮。

"出什么事了?"金福问道。

雷鸥的面容渐渐沉重。一种隐隐的预感让她的心跳加速。

突然,人群涌上这条马路。他们围着一个由好几个护卫的穿皇家号

花轿到了。金福上前。一名司仪把钥匙交给他。他接过钥匙,打开轿门,牵上十分激动的美若天仙的雷鸥。

巨大的闪光的风筝顿时腾空而起,在微风的吹拂下摇弋空中,它们色彩斑斓,有龙有凤,还有其他婚姻的象征。

衣的传令官。

这名传令官在一片沉寂中高喊着两句话,在人群中引起低沉的议论:

"太后驾崩!

禁止庆典!禁止庆典!"

金福听明白了。这是对他的当头一击。他禁不住打了个愤愤不平的手势。

为先帝的遗孀之死服丧的谕旨刚刚颁发。在一个法定的期限内,禁止任何人剃头,禁止任何集会庆祝活动和剧院演出,禁止法官断案,禁止婚庆!

雷鸥心里痛苦,却表现得十分勇敢,为了不给未婚夫增添烦恼而逆来顺受。她抓住她亲爱的金福的手,用极力隐藏内心激动的声音对他说道:

"我们等等吧。"

花轿抬着少妇返回她杉呱大街的住处,欢庆活动停了,酒菜撤了下来,乐队辞退了,金福很是沮丧,朋友们向他表示了同情和安慰,告辞离去。

这道专横的禁止谕旨是绝不敢冒险违抗的!

肯定,厄运在继续追着金福不放。又给了他一次机会,让他得益于先师教导的哲理。

在"天福"旅馆这个人去楼空的房间里,只剩下了金福、克莱格和弗利在一起,"天福"这个名字现在对他来说仿佛成了苦涩的嘲弄。禁令的期限长短得看天子的高兴!而他,本打算当即返回上海,好把他年轻的妻子安顿在他那富裕的寓所里,现在只剩他一个人回去,并且,将在这种新的情况下,开始一种新的生活!⋯⋯

"太后驾崩!
禁止庆典!禁止庆典!"

一小时后，一名仆人进来，交给他一封信，是由一个信使刚刚送到的。

金福认出了写地址的笔迹，禁不住叫了一声。这是哲人王发来的信，信里写道：

朋友，我没有死，可当你看到这封信的时候，我已经不在人世了！

我之所以死，是因为我没有勇气兑现我的诺言；但是，你可以放心，我已经安排好了一切。

我把你的纸条给了老沈，太平军的一个头领，我旧时的战友！你让我接下的那个可怕的使命将由他完成，他的手段和心肠都比我硬。这样，你为你的性命所投的那笔保金，我已经授权给他，将归他所有，在你不在之后，他将去领取！……

永别了！我将先走一步！不久见，朋友！永别了！

王

第16章　始终单身的金福重又开始没命地奔走

这便是给金福造成的处境，比以往任何时候都要严重千倍。

就这样，王，尽管许下了诺言，却在正要动手刺杀他旧时的学生时，感到了他的意志尽失！由此可见，王丝毫不知道金福的财产突如其来的变化，既然他在信中没有提及这一点！因此，王委托另一个人完成他的承诺，而这另一位是个什么样的人哪！他首先是一名可怕的太平军，这个家伙，让他去杀个人，他眼睛都不会眨一下，何况都不须他负责！金福的纸条不是为他担保了不受惩处吗？而且还有王的授权，一笔五万美元的保金呢！

"啊！我受够了！"金福第一次做出愤怒的反应，嚷嚷道。

克莱格和弗利得知了王来函的内容。

"您的纸条，"他们问金福，"上面没写上6月25日为最后期限吗？"

"没有啊！"他答道，"王应该，而且完全可以写上我死亡的那一天！现在，这个老沈可以不受时间限制，想什么时候行动就什么时候行动了！"

"哦！"弗利和克莱格答道，"他最好还是在近期内执行。"

"为什么？……"

"为了您的人寿险的保金还在保单的有效期内，不会从他手中跑掉！"

这个观点无从反驳。

"是啊，"金福答道，"我还是得不失时机地要回我那张纸条，哪怕让我付给老沈那五万美元的保金！"

"正确。"克莱格说。

"真的！"弗利补充道。

说到这里，金福再也无法待在原地。他来回走动。这一系列沉重的打击，落到他身上，使他陷入颇不平常的激动之中。

"我走！"他说，"我去找老沈！至于你们，先生们，你们想干什么就干什么去吧。"

"先生，"弗利和克莱格答道，"百年公司的利益遭受到从未有过的威胁！在这种情况下抛下您不管将是我们的失职。我们绝不离开您！"

已经没有时间可浪费的了。然而，首先，先得弄清楚这个老沈是何许人也，他所在的确切位置。老沈的名声是那么响亮，要知道这些情况并不难办。

确实，王在长毛①造反中的这位老战友，退隐在中国的北方，长城之外，靠近辽东湾一带。辽东湾是北直隶湾的一个附属部分。如果说帝国政府迄今尚未招安，像对其他有些它所未能压服的反叛领袖那样，至少，还让他在中国边界的那头太太平平地活动，老沈却不得不扮演更低劣的角色，成了剪径大盗！啊！王正确地选择了他需要的人！那一位是不会有所顾忌的，多砍一刀少砍一刀不会让他的良心感到不安！

就这样，金福和两位护卫获得了这位太平军的极其完整的信息，并且得知他近期出现在辽东湾的一个小港口抚宁附近。因此，他们决定不失分秒，当即赶往那里。

---

① 原著中作者错把"长毛"，拼成了"忙朝"（Mang-Tchao）。长毛即指太平军。

最初,雷鸥得知发生了什么后,心里何其担忧! 泪水淹没了她那双明眸。她想要说服金福别走! 他这不是在偏向虎山行吗? 等着,远远地离开天朝帝国,躲到世上的某个地方,野蛮的老沈鞭长莫及的地方不更好吗?

然而,金福让少妇明白了,活在这种无休止的威胁下,由一个这样的无赖操纵着自己的生死,自己的死还能让他发一笔财,想到这样的前景他受不了! 不! 他得一劳永逸地结束这种情况。金福和他忠实的追随者当天就出发,他们径直去那个太平军那里,他们将用高昂的代价买回那张可悲的纸条,然后,返回北京,那时,也许禁令都还没有撤销呢。

"好妹妹,"金福说,"我们的婚事推迟几天,我现在都不那么为此感到遗憾了! 如果我们已经成亲,那会陷你于什么境地啊!"

"如果已经成礼,"雷鸥答道,"我就有权利和义务跟着你,我肯定会跟着你一起去!"

"不!"金福说,"我宁愿死一千回,也不愿让你去冒一次险! ……再见了,雷鸥,再见了! ……"

说着,金福含着眼泪,从想要把他留住的少妇怀里脱出身来。

就在这一天,金福、克莱格和弗利离开北京,前往通州。孙跟在后面,运气不佳,没容他再休息休息。从北京到通州也就是一个小时的事儿。

下面就是他们定下的行程:

走陆路,穿过一个不大可靠的省份,旅途中会出现十分严重的困难。

如果问题只是要到达京都北面的长城,那么,在这一百六十华里路上,不管堆积了多少危险,他们都得硬着头皮上。可现在不是在北方,抚宁港的位置在东方。走海路去那儿既省时又安全。金福和他的伙伴用四五天时间就能到达那里,然后,他们再决定怎么办。

可是,能找到去抚宁的船吗?这是他们在通州的船运代办处那里首先该确定下来的事情。

这时,被噩运挤压得喘不过气来的金福得到了偶然的帮助。一艘即将驶往抚宁的轮船正在北运河河口待命起航。

坐上一艘行驶于内河的那种快速汽轮顺水而下,一直到三角港,然后上前面说过的那艘船,只能如此了。

克莱格和弗利只要求一个小时做准备,而这一个小时,他们便用来购买各种所知的救生器械,从最原始的软木腰带,到拜东上尉的不沉救生衣。金福始终值二十万美元。他要去海上了,不用另加保费,因为他保了所有的寿险啊。然而,灾难总是有可能降落的。什么都得未雨绸缪,什么都应有所预料。

就这样,6月26日中午,金福、克莱格和弗利和孙上了"北塘"号,顺北运河水流而下。这条河的河道弯弯曲曲变幻莫测,致使它的航线长达连接通州和它的入海口的直线距离的两倍;然而航道经过疏通,可以行船,而且是走吨位相当大的船舶。因而水上活动相当频繁,显得比几乎和它平行的公路运输重要得多。

"北塘"号用它的桨叶拍打着泛黄的河水,在航道上的航标灯之间迅速下行,它激起的波浪搅浑了两岸数量众多的灌溉渠水。通州城外那座高高的宝塔很快就被落在了后面,并且消失在一个相当急骤的转角处。

在这一带,北运河还不宽阔。这儿,它流淌在沙洲之间,到那头,又沿着一座座小村庄,村庄镶嵌在树木葱茏的景色中,隔着果园和绿篱。前方出现好几个重要乡镇,马道、谢西坞、南宅、杨准,那里还能感到潮汐的气息。

天津很快要出现了。那里多耗了一些时间,因为得把连通河两岸的东桥打开,并且,在拥挤于港口的几百条船之间通过也不无困难。要过

通州城外那座高高的宝塔很快就被落在了后面,并且消失在一个相当急骤的转角处。

去必得大喊大叫,还得损坏不止一条小船固定在流水中的缆绳。有时还得把缆绳砍断,全然不顾这样做会造成怎样的恶果。从而出现一片混乱,漂移的船舶造成航行堵塞,港口的主管就得大费周章了。如果天津港有港口主管的话。

在整个航行途中,应该说,克莱格和弗利比任何时候都是严肃的,他们不离开客户半步,这么说真的并不能算言过其实。

现在要对付的已经不是王了,跟王实施和解还是容易办到的,只要能通知到他,可现在是老沈,他们不认识的太平军,这便使他显得格外地可怕。既然,现在是他们主动去找他,他们尽可认为自己是安全的,可谁能证明他不是已经走在和他的被害者会面的路上了!?这样的话,怎么避开他,怎么通知他呢?克莱格和弗利看"北塘"号上的乘客个个都像是凶手!他们不再进食,他们不再睡觉,他们不要命了!

如果说金福、克莱格和弗利实实在在地感到不安,孙,就他那方面来说,也不能说不忧心忡忡。只要一想到即将出海,他便头昏眼花。随着"北塘"号离北直隶湾越来越近,他的脸色也越来越苍白。他的鼻子抽搐着,他的嘴唇哆嗦着,而此时,船还行驶在平静的河面上,河水还没有给轮船打上一丝摇晃的印记。

那么,一旦到了狭隘的海面上,短而密的波涛使船儿颠簸得更快更猛烈,孙还怎么受得了,他又会变成什么模样!

"你从来没有出过海?"

"从来没有!"

"不能出海吗?"

"不能!"

"我建议你扬起脑袋。"克莱格接着说。

"脑袋?……"

"并且,不要张开嘴巴……"弗利补充道。

"嘴巴?……"

说到嘴巴,孙让两位保镖明白最好别让他开口说话了,然后,他跑到轮船中央去安顿下来,去之前禁不住朝已经变得十分开阔的河面,投去将遭受晕船磨难者的那种幽怨的、无可奈何的一瞥。

此时,在沿河的那片谷地上风景已发生变化。右岸高耸陡峭,左岸却是一长条河滩,轻轻的浪花拂过河滩留下泡沫,两岸一高一低恰成对照。河滩外面则是大片大片的高粱地,玉米地,小麦地和小米地。就像在整个中国——这个大家庭的母亲,她得养育成百上千万个孩子——没有一小块可耕种的土地被忽略。到处可见灌溉渠道或竹子做的器械,样子就像简陋的戽斗水车,大量地吸水浇灌。这里那里,在黄色的柴泥垒砌的村落旁边,生长着一丛丛小树林,其中有老苹果树,它们绝不会比诺曼底平原的景象①逊色。河滩上,许多渔民来来往往,他们用鸬鹚②作他们的猎犬,或者,该叫作渔犬。这些飞禽,在它们主人的手势下一头扎进水里,然后,把逮到的鱼含回来。它们无法把鱼吞下去,因为有一个环把它们的颈子卡掉了一半。除此之外,还有鸭子、小嘴乌鸦、乌鸦、喜鹊、鹰,轮船的汽笛声把它们从高高的草丛中惊飞起来。

如果说,现在在沿河的大路上似乎不见人影,北运河的水上活动却不见有减。那么多大大小小的船舶在河道上上上下下!从船头到船尾的顶篷呈深凹的弧度、架着露天炮组的战舰,这种战舰有双层船桨或人力摇动的桨片操纵活动;双桅海关船,船上张挂着小艇的风帆,由横向的系艇干撑起,船头和船尾装饰着奇异神兽的头尾;商用帆船,吨位颇高,船体宽阔,装载着天朝帝国最珍贵的出产,它们不怕在临近海域遇上台

---

① 法国诺曼底地区以盛产苹果著称。
② 也叫鱼鹰。

风；载客帆船，按照潮汐时间，靠划桨或拉纤前行，专为有时间可以浪费的人而制造；拖着小船的官船和小型游艇；各种各样，装有灯芯草编的席子的舢板，其中最小的由年轻女子驾驶，她们手里摇着橹，背上背着孩子，这种船的名字叫得贴切——舢板，由三块木板组成；最后是木筏，真正的漂移村，木筏上有小木棚，还有种上树木播下菜种的园子，前不见头后不见尾的木排像是樵夫砍伐了整座满洲森林捆扎起来的！

此时，路上的小镇越来越罕见。从天津到河流的入海口大沽只能见到二十来个。河两岸有几个砖窑正喷吐出滚滚的浓烟，浓重的蒸汽和轮船放出的黑烟混合在一起，污染着空气。在这个纬度上，六月拖延得很长的暮色之后，夜晚降临了。很快，一个接一个分布匀称的白色的沙丘构成一幅不变的图画，隐没在苍茫之中。那是一座座盐堆，从周围盐田收集起来的。就在那里，一块块干燥的场地间，展开了北运河的入海口。"景象凄凉，"德·波瓦先生曾说，"一眼望去尽是沙、盐、尘埃和灰烬。"

第二天，6月27日，太阳还没有升起，"北塘"号就抵达了几乎就在入海口的大沽港。

在这个地方，两岸上，矗立着现在已成废墟的南北要塞，1860年英法联军攻占了此处。那年，8月24日，科力诺将军在那里发起猛烈进攻，大炮强行撬开了河道的进口。那地方展开一个狭长地带，勉强可称作是法租界；在那里，还能看到一个纪念碑，下面埋着一次次战斗留下的阵亡将士的遗骸。

"北塘"号不得越过入海口的沙洲。所以，全体乘客在大沽下船。这个城镇已是相当重要，它的前途不可估量，如果官员们有朝一日允许建起连接它和天津的铁道的话。

驶往抚宁的轮船当日将扬帆起航。金福和他的伙伴们没有时间可耽搁的。因此，他们赶紧叫了一条舢板，一刻钟以后，他们便登上了"三叶"号。

第17章　金福的商业价值再一次受到影响

一个星期前,有一艘美国船前来停靠在大沽港。它被中国-加利福尼亚六公司租用,曾为位于旧金山劳莱尔山墓园的傅廷栋代理处装货。

忠于他们信仰的天朝人在美国去世后,便到那里去等候返回祖国,信仰要求他们回到出生地来安息。

这条船的目的地是广州,经代理处的书面认可,运载二百五十口棺材回国,其中七十五口当在大沽下船,然后,再发往北方各省。

这部分货物的转运在这艘美国船和中国船之间进行,并且即在6月27日这天的早晨,这艘中国船便开航驶往抚宁港。

金福和他的伙伴们搭乘的便是这条船。也许,他们并没有做过选择;可是,没有驶往辽东湾的其他船只,他们也只好搭乘这一条了。况且,航行时间最多也就是两三天,而每年的这个时期这段海路很好走。

"三叶"号是一条海船,测定容量三百吨左右。

这种船有的可以装到一千,甚至一千吨以上,它们的吃水深度只有六英尺,因此,它们能穿过天朝帝国所有的河口沙洲。相对于它们的长度而言,它们过于宽阔,一条相当于龙骨长度四分之一的横梁,使它们仿佛走得艰难,如果不是逼风航行的话,然而,它们善于原地转圈,转起来像个陀螺,这便使它们比线条较为清秀的船只有优势。它们十分巨大的舵,舵板上钻有一些窟窿,这个系统在中国极为看好,其效果却显得相当

可疑。不管怎么样,这种宽大的船只颇乐于接受近海航行任务。我们甚至能举出它们中有这么一条,被一家广州的公司包租,在一名美国船长的指挥下,居然运送一船茶叶和瓷器去了旧金山。因此得以证实,这种船完全顶得住海洋风暴,资深专家们一致认为,中国出产优秀的海员。

属于现代化构造的"三叶"号,从船首到船尾几乎是笔直的,就他的实体大小让人联想到欧洲的船壳形状。船上不用一钉一销,全部用竹子缝合,竹子和竹子之间的缝隙嵌填塞废麻和柬埔寨树脂,整个船体密封极佳,以至船上没有底舱水泵。船体很轻,漂在水上像一块软木。一个用十分坚硬的实木做成的锚,一套用柔韧度出色的棕绳做的索具,像折扇一样张合自如,即在甲板上操纵的灵活的船帆,两根桅杆,一根主桅和一根沿海航行的三桅帆船上用的前桅,没有艉帆,没有三角帆,"三叶"号便是这样的一艘帆船,总之,完全是按照沿海短途航行的需要设计和配备的。

当然,看到"三叶"号的样子,谁都不会想到它的租赁者,把它变成了一个巨大的灵柩台。

确实,我们已经知道的货物取代了茶叶箱、丝绸包和小量的中国香料。然而,帆船丝毫不减往常鲜亮的色彩。在它的前后两个舱面间上飘拂着五颜六色的火焰型装饰旗和缨子。它的船首睁着两只火红的大眼睛,使它看上去就像一头庞大的海怪。在桅冠上,微风中舒卷着耀眼的绸制中国国旗。甲板上躺着两门大口径短炮身海军火炮,闪闪发光的炮口伸出在舷墙上方,像镜子一样反射着太阳的光芒。在这片依然有海盗出没的海面上,这样的器械有用啊!从整体上看,这条船快乐、漂亮、悦目。总之,"三叶"号执行的不正是荣归故里的任务吗?确实,回来的是尸体,可那也是心满意足的尸体啊!

不管是金福,还是孙,在这种环境下航行并不让他们觉得有一丝一毫的不适。他们太中国人了,对此并不在乎。克莱格和弗利,和他们的美国同胞一样,不喜欢运送诸如此类的货物,他们恐怕还是愿意搭乘别的商业轮船,然而却无可选择。

帆船的船员由一名船长和六名水手组成,对十分简单的帆船操纵来说,人手已经足够。罗盘,据说是在中国发明的,这有可能。然而,沿海航行的海员从不使用这些仪器,他们就凭经验判断行船。"三叶"号的老大尹船长就完全是这么办的,况且,他绝不会让海湾岸边离开自己的视线。

这位尹船长矮矮的个子,脸上总是挂着笑容,反应敏捷,嘴巴不停地说话,是无法解决的永恒运动难题的鲜活典范。他无法待在原地不动。他的手势十分丰富。他的手臂、手,他的眼睛比他的舌头更能说话,然而,他的舌头待在嘴巴里面也从不闲着。他对他的手下推推搡搡,大呼大叫,骂骂咧咧;可他确实是个好水手,在这些方面,他实实在在,操纵他的帆船就像把它捏在手指间一样。金福为他和他的伙伴们付出的高额费用并没有能损及他乐天派的好心情。几个乘客就为了六十小时航程给了他一百五十二银子,真是从天而降的外快,尤其是,如果他们对生活设施和伙食不比他们装载在底舱里的旅伴们苛刻的话!

金福、克莱格和弗利便马马虎虎地住在后舱面间里。孙住在前舱面间。

始终疑神疑鬼的两个保镖着手对船员和船长进行严密考察。在这些老实人的表现中他们没找到丝毫可疑之处。假设他们和老沈达成了一致,这是绝不可能的,因为只是偶然让他们的客户上了这条帆船,而怎么还会有偶然让这条船成了名声显赫的太平军的同谋呢?!这次航行,除了海上的风险,应该能让他们过几天不像平时那样提心吊胆的日子了。同样,也能让金福更放松一些。

再者,金福也并不因此气恼。他孤身待在他的舱房里,随心所欲地

沉浸在"哲理思辨"之中。可怜的人儿,他没有珍惜他的幸福,没能理解在上海的寓所里,本该可以用工作来改变的这种无忧无虑的生活之可贵!愿他能要回他那张纸条,到那时,我们就能看到这次教训是否能让他有所长进,疯子是否能变成智者了!

然而,这张纸条最后能否收回呢?能,毫无疑问,因为,他会为收回付出代价。对这个老沈来说,这无非是个金钱问题。只是他必须先找到老沈,而绝不能让老沈先找到他!难之又难啊。老沈只怕了解金福现在所做的一切,金福却一点都不知道老沈在做什么。因此,一旦克莱格和弗利的客户在那个太平军活动的省份下船,局势就十分危险了。全部问题便在于此:提前告诉他。很明显,较之于死金福的五万美元,老沈更愿意拿到活金福的五万美元。这能省去他跑一次上海,去百年公司的办公室的麻烦,对他来说,虽然政府采取的是宽容的态度,这样的旅行未必就没有危险。

完全改变了的金福这般思考着,我们还能肯定,在他未来的打算中,北京可爱的年轻寡妇占有重要的位置!

此时此刻,孙又在考虑些什么呢?

孙什么都不想。孙一直躺在舱面间里,在向北直隶湾罪恶的神祇们纳贡。他所有能汇集起来的思想就只有诅咒,诅咒他的东家,诅咒哲人王,诅咒强盗老沈!他的心很愚蠢!哎哎呀!他的想法太愚蠢,他的情感太愚蠢!他不再想喝茶吃饭!哎哎呀!是什么风出了差错把他吹到了这里!他千错万错不该给一个要出海的人当差!他情愿牺牲自己剩下的那段尾巴,只要能不来这儿!他情愿把头发剃光了去当和尚!一条黄狗!正是一条黄狗吞吃了他的心肝和肠子!哎哎呀!

与此同时,在一阵恰到好处的南风推动下,"三叶"号沿着离海岸低矮的沙滩三四海里处疾速向东或向西驶去。它经过北塘,离欧洲军队实施登陆的地方不远的北塘河河口,然后经过山顿,经过姜河,到海威子前的洮河口。

这部分的海湾变得越来越人迹罕见。在北运河口相当热闹的海上活动,刚过了二十海里便不见光彩。几条商用帆船贴近海岸航行,十一二条渔船在岸边多鱼的水里打捞,还有岸边的建网,一望无际的远海绝对空旷,这便是这片海域的景象。

克莱格和弗利注意到在那些渔船上,即便是容量不超过五六吨的小船上,都配备有一两门火炮。

当他们把自己注意到的情况告诉尹船长的时候,后者搓着双手答道:

"总得让海盗们感到害怕啊!"

"在北直隶湾的这个地段还有海盗!"克莱格不无惊讶地嚷嚷。

"怎么会没有!"尹答道,"这里和其他地方一样!这些狠家伙在所有的中国海都不缺!"

说着,船长阁下露出两排闪闪发光的牙齿哈哈大笑。

"您好像不怎么惧怕他们?"弗利提醒道。

"我不是有我的两门大炮吗,两条大嗓门的好汉,当他们离得太近的时候,它们就要开口说话了!"

"它们装填火药了吗?"克莱格问道。

"平时装。"

"现在呢?……"

"没有。"

"为什么?"弗利问道。

"因为我船上没有火药。"尹船长平心静气地答道。

"那要这些火炮有什么用?"弗利和克莱格说,他们对这个答复不大满意。

163

"有什么用?"船长嚷嚷道,"哎,用来保护一船货物呀,当这船货物值得费这个劲儿的时候,当我的帆船装满了茶叶或者鸦片,满到了货舱口! 可是,今天,就这船货啊!……"

"那海盗们,"克莱格说,"他们又怎么知道您的帆船值不值得费劲儿攻击呢?"

"您真的那么害怕这些狠家伙过来看看吗?"船长耸耸肩,单脚站定转了个身,答道。

"当然。"

"你们在船上不只是有些随身用品吧?"

"只有随身用品,"克莱格补充道,"可我们另有隐情,不想有他们来访!"

"那好,请不必担心!"船长答道,"即使我们遇上了,海盗们也不会围捕我们的帆船的!"

"为什么?"

"因为,他们一看到我们的帆船就已经知道,我们这船货物的性质了。"

说着,船长指着飘扬在微风中的一面白旗,这面白旗挂在桅杆的中间。

"降半旗的白旗! 丧事旗啊! 那些狠家伙不会为了抢一船棺材出手的!"

"他们会以为您挂丧事旗航行是出于谨慎,"克莱格提醒道,"然后上船来检查检查……"

"如果他们来了,我们就接待他们啊,"尹船长答道,"然后,在我们这儿看完了,他们就会像来的时候那样走掉了!"

克莱格-弗利没有打破砂锅问到底,对于船长那百年不变的泰然自若他们实在不敢苟同。掳走一艘三百吨级的帆船,即便是空载,对那些

"降半旗的白旗!丧事旗啊!那些狠家伙不会为了抢一船棺材出手的!"

被尹称作"狠家伙"的人也算是捞到相当的一票了,值得他们干一下子的。不管怎样,现在只能听天由命,但愿这次航行能顺利完成吧。

再说,为了确保顺风顺水,平平安安,船长什么都没有忽略。在扬帆起航之前,向海里的神祇们献祭,宰了一只公鸡。前桅上还挂着遭殃的公鸡的鸡毛。甲板上洒落了几滴鸡血,一小杯酒从船舷边洒进海里,完成了这种赎罪的牺牲。如此祝圣之后,在名副其实的尹船长的指挥下,"三叶"号帆船还有什么可害怕的呢?

然而,我们不得不认为随心所欲的神祇们并不满足。也许是因为那只公鸡太瘦小,或者因为酒不是从最好的绍兴酒窖里打来的,一阵可怕的狂风猛然扑向帆船。事先没有任何征兆,白天里明净、光亮,微风扫净了长空万里。最敏锐的水手都不会预感到老天正酝酿着一场"暴风雨"。

晚上八点光景,"三叶"号全体船员都在甲板上,准备绕岬航行,这个岬角是朝东北方向上溯的滨海地带所形成的。绕过这个岬角,帆船就能满后侧风航行了,风向对它的行驶十分有利。因此,尹老大估计,还不是对它的力量满打满算地估计,二十四小时后便能在抚宁靠岸了。

就这样,金福感到抛锚停泊的时间越来越近,难免有些焦躁的举动,用到孙的身上便成了蛮横。至于弗利和克莱格,他们则注意到了,如果他们的客户能在三天内从老沈手里收回那张与他性命攸关的纸条,那么,到那时,百年公司便不用再为他担心了。实际上,保单上担保他的时间到6月30日晚12点也就结束了,因为他也只是把第一笔两个月的保险费交到了可尊敬的威廉·J.比杜尔夫手中。到时候便:

"All……"弗利说。

"Right!"克莱格补充道。

向晚时分,就在帆船到达辽东湾口子上的时候,风向突然跳到东北,接着转到北风,两小时后,刮起了正北风。

倘若尹老大船上有个气压表的话,他就可能发现水银柱刚才几乎是一下子跌了四五个毫米。而当空气迅速变得稀薄,预示着台风①就在不远处,它的运动已经在减轻大气层。另一方面,倘使尹老大知道英国人帕丁顿和美国人莫里②的观察报告的话,他就会竭力改变航向,驶向东北方,希望到达一个危险较小的海域,跑出旋风的吸力中心。

然而,尹老大从来不使用气压计,他不懂得气旋的法则。况且,他不是杀了一只公鸡吗?这样的祭祀不是该使他能免遭任何不测了吗?

不过,这个迷信的中国人确乎是个好水手,在这种情况下,他的本事再次得到了证实。出于本能,他像一个欧洲船长那样操纵帆船。

这阵台风只是一股小气旋,因此,它旋转的速度很快,并且移动的速度超过了每小时一百公里。因此它把"三叶"号朝东方推去,情况属不幸中之大幸,因为,像这样急驶,帆船越过了一个无处可躲避的海岸,如果搁在那上面,帆船无可避免地就会在短时间内完蛋了。

晚上十一点,风暴达到了它的最高峰。尹老大在他的船员们的得力协助下,像个真正的海狼操纵着帆船,他不再嬉笑,而是保持着沉着冷静。他的手牢牢地把握着舵柄,引导着像锦葵般飞上浪尖的轻盈的帆船。

金福离开了船尾的舱面间。他抓住舷墙,凝望着被风暴撕裂的乱云飞渡的天空,褴褛的乌云拖曳在海面上。他注视着黑夜中白茫茫的大海,台风巨大的吸力把海水掀得高于正常水面。危险既没有让他吃惊,也没有把他吓倒。这是咬着他穷追猛打的厄运为他保留的情感系列的一部分。大热天,一次六十小时的航行,风平浪静,对那些眼下幸福的人们是挺不错,而他已经不属于那些幸福的人们了!

---

① 旋转的风暴在非洲西海岸被称作"陆龙卷",而在中国海则叫"台风"。它们的科学名字是"气旋"。
② 马修·封丹·莫里(1806—1873),美国海军军官,最早的水文学家,海洋学创始人之一。

晚上十一点，风暴达到了它的最高峰。尹老大在他的船员们的得力协助下，像个真正的海狼操纵着帆船，他不再嬉笑，而是保持着沉着冷静。

克莱格和弗利所担心的事却要重得多,始终是为了他们客户的商业价值。当然,他们的性命和金福的一样值钱。他们和他一起死了,便用不着为百年公司的利益操心了。然而,这是些有责任心的人,忘我,一心只想着尽自己的职责。死掉,可以!和金福一起死,也行!但是要等到6月30日晚上12点以后。拯救一百万,这便是克莱格和弗利想要的!这便是弗利和克莱格所想的!

至于孙,他不怀疑帆船这回玩儿完了,或者,对他来说,即在冒险登上这凶险的本原之时,大家就都玩儿完了,即使碰上人世间最好的天气。啊!底舱的旅客却不值得怜悯!哎哎呀!他们既不会感到摇晃,也不会感到颠簸!哎哎呀!于是,时运不济的孙便想到,如果他也像他们那样,就不会晕船了!

持续三个小时,帆船极其危险。只要把舵的略有差池,船就毁了,因为汹涌的海水会淹没甲板。如果说,它不会被海浪掀翻,那么,至少它会因为灌满了海水而沉没。至于在气旋涡流的抽打下的巨浪间奔命,要保持恒定不变的航向,那就想都甭想了。同样,想要推算所走的和走过的路程,也只能是个奢望。

然而,偶然的好运道使"三叶"号,无所大损地,到达了覆盖方圆百公里的这个巨大的气旋的中心。那里有个两三海里的空间,海面平静,几乎感觉不到有风。那就像在波涛汹涌的海洋中间的一个平湖。

帆船得救了,是狂风把不张帆航行的船儿推进到了这里。凌晨三点光景,疯狂的气旋变戏法似的平息下来,而这个小小的中心湖周围汹涌的波涛也渐趋平静。

可是,当白天来临的时候,"三叶"号徒自搜索,天尽头找不到一点陆地的痕迹。见不到海岸。海湾的水,一直延伸到天边的弧线,把帆船团团围住。

第18章　克莱格和弗利,出于好奇,
　　　　参观了"三叶"号的底舱

"尹船长,我们这是在哪儿?"险情完全过去后,金福问道。

"我无法知道确切的位置。"船长答道,他又恢复了乐天的笑容。

"在北直隶湾吗?"

"也许吧。"

"还是在辽东湾?"

"有这个可能。"

"那我们在什么地方靠岸呢?"

"看风把我们吹到哪儿吧?"

"什么时候能到呢?"

"我确实说不准。"

"凡吾族人无不定向,船长先生。"金福很不高兴地又说,他引用了在中华帝国很流行的一句话。

"在陆地上是这样!"尹老大答道,"在海上不是!"

说着,他咧开大嘴哈哈大笑。

"这有什么可笑的。"金福说。

"也没有什么可哭的。"船长还嘴道。

实际情况是,如果说局势已无任何令人担忧之处,尹老大却说不清

楚"三叶"号所在的位置。它在旋风猖獗期间的航向尹老大怎么记得住？他没有罗盘,在罗经四分之三的方位上不断变化的风力的作用下,帆船,两张帆都收了起来,几乎完全摆脱了舵的影响,成了暴风的玩具。因此,船长的回答如此不确定是有他的理由的。只是他在做出这些答复的时候不该那么嘻嘻哈哈。

然而,随怎么说,"三叶"号是被拖进了辽东湾,还是被抛回了北直隶湾,它都不能犹豫,必须驶向西北。陆地肯定就该在那个方向。问题在于距离多远,再无别的。

所以,尹船长张挂风帆,顺着太阳光照射的方向驶去。这时候的太阳光强烈明亮,如果此时此刻如此操作有效的话。

结果无效。

实际上,台风过后,海面平整平静,大气层里没有任何气流,没有一丝风。一个没有波纹的大海,被一道长长的涌浪波动稍稍鼓起,有点儿摇晃,却缺乏移动。帆船在有规则的力量作用下一起一伏,却不见前进一步。一股炎热的蒸气沉重地压在水面上,而天穹,越来越被搅得凌乱不堪的天穹,现在仿佛不适合于作本原①间的斗争了。这是那种"苍白的"平静,其持续时间无法断定。

"很好！"金福想道。"把我们拖进远海的风暴之后,现在没有一丝风,让我们回不了陆地了！"

然后,他转向船长,问道："这种平静会持续多久？"

"在这个季节,先生！唉,谁又能知道啊？"船长答道。

"几小时或者几天？"

"几天或者几个星期！"尹带着完全是逆来顺受的微笑还嘴,都快让

---

① 古代哲学家认为土、水、风、火是组成宇宙一切物体的四个本原,也叫四行。

他的乘客火冒三丈了。

"几个星期啊!"金福嚷嚷道,"您以为我能够等上几个星期啊!"

"不等不行啊,除非能有拖船来拖我们的帆船!"

"让您的破船见鬼去吧,带着它载着的人,第一个是我,傻乎乎地乘上了这条船!"

"先生,"尹老大答道,"您能让我给您两个忠告吗?"

"说!"

"第一,您这就去安安稳稳地睡大觉,就像我即将要做的那样,经过在甲板上折腾了一晚上之后,这才是最明智的。"

"那第二呢?"金福答道,船长的平静跟大海的平静一样让他恼火。

"第二,"尹答道,"学学我底舱的乘客。他们可从来没有怨言,该怎样就怎样,从容不迫。"

说完这些不亚于王亲授的哲理,船长返回他的舱房,留下两三个船员躺在甲板上。

金福交叉双臂,手指敲打着焦急的颤音,从船头走到船尾。然后,他朝死气沉沉的茫茫大海投去最后一瞥,帆船就停在大海中央,他耸了耸双肩,回他的舱面间,都没跟弗利和克莱格打个招呼。

这时,两个保镖也在那儿,靠在棕绳上,按他们的习惯,做着无声的热烈交谈。他们听到了金福的问题和船长的回答,只是没有介入谈话。掺和进去对他们有什么意义,尤其是干吗要抱怨让他们的客户如此生气地拖延时日呢?

实际上,他们在时间上的损失,却赢得了安全。既然金福在船上没有任何危险,而老沈鞭长莫及够不着他,他们还能有更好的要求吗?

再说,最后期限已经接近,过了这个期限,他们的责任也就可以卸下了。还有四十个小时,过后,就算整个太平天国的军队扑到百年公司的

"在这个季节,先生!唉,谁又能知道啊?"船长答道。

前客户身上,他们都不会冒一根头发丝的险去保护他。这些美国人,真是非常实际!只要金福还值二十万美元,就对他忠心耿耿!当他不值一个铜板的时候,他遇到了什么便不管了!

克莱格和弗利做出如此推理后,便胃口大开地用了午餐。他们的食品储备质量极佳。他们在同一个碟子里吃同一个菜,一样的几口面包和冷肉块。他们为可尊敬的威廉·J.比杜尔夫的健康,干了一样多杯数的绍兴美酒。他们抽了同样的六支装的雪茄,并且再一次地证明了,即便不是一胎双胞,也能成为兴趣和习惯上的"孪生兄弟"。

老实巴交的美国佬,他们还以为他们的苦难到头了呢!

这一天,白天过去了,大事小事都没出。大气始终是那么平静,天空依然显得"朦胧模糊"。没有丝毫迹象表明气象状态会发生什么变化。海水静止得像一个镜湖。

四点钟前后,孙出现在甲板上,踉踉跄跄,跌跌撞撞,像个喝醉了酒的人,尽管他这一辈子从来没像这些天喝得如此少过。

他的脸从最初的紫色,变成后来的靛青,再后来的蓝色到绿色,现在趋向于恢复黄色。一旦登上陆地,他的脸便会恢复到它平常的颜色,橘红色,而一旦火气上来还会使它涨得通红,他的脸色依次变化,符合自然次序,走过太阳光谱的每一颜色阶梯。

孙眯缝着双眼,不敢朝"三叶"号舷墙外瞅上一瞅,拖沓着朝两个保镖走去。

"到了?……"他问道。

"没到。"弗利答道。

"快到了?……"

"没有。"克莱格答道。

"哎哎呀!"孙说。

然后,他失望之余,再也没有力气说下去了,便走去躺倒在主桅杆下面,烦躁得神经质地抽动,使他被剪短的辫子像短短的狗尾巴似的蠕动着。

这时,遵照尹船长的命令,甲板上的货舱盖全部被打开了,好让底舱透透风。好措施,是个内行的指令。太阳会迅速地把台风期间扑上甲板的两三个涌浪引入船内的水分抽干。

克莱格和弗利在甲板上散步,他们好几次在大舱洞前停下来。一种好奇的感觉驱使他们很快下去看一看这个丧葬的底舱。他们顺着刻在边上的支柱下去,从那儿可以进入底舱。

这时,太阳即在与大舱洞并排垂直空中画着一个巨大的梯形光晕,然而,底舱的前后部依然沉浸在浓重的半明不暗之中。不过,克莱格和弗利的眼睛很快就适应了这般阴暗,他们有可能观察"三叶"号装载的这船特殊货物了。

像大多数商用帆船一样,这个底舱也没有被横隔板隔开。因此,它从头到尾全都空着,可用来装货,什么样的货都能装载,因为甲板上的舱面间已足够船员们居住了。

在底舱的两侧,干净得像个衣冠冢的候见厅,层层堆放着那七十五口运往抚宁的棺材。它们被固定得扎扎实实,既不会因为摇晃颠簸而移位,也不会以任何形式有损于帆船的安全。

在两行棺材之间留出的纵向通道可以让人从底舱的一头走到另一头,通道上时而明亮,那是在两个舱门口下面,时而相对地黑暗。

克莱格和弗利就像在一座陵墓里那样悄不作声,他们走上这条纵向通道。

他们张望着,少不得有点好奇。

那里堆放着各种各样大小不一的棺材,有的华贵,有的贫寒。在这些被生计所迫背井离乡远渡重洋的人中间,有的在加利福尼亚的沙金

矿、内华达或科罗拉多的矿业上发了财,唉,这只是凤毛麟角！其他人,去的时候两手空空,回来的时候还是两手空空。然而,所有的人都将返回故里,在死亡中一律平等。有十来口棺材是用名贵木料做的,上面富丽堂皇地装饰着中国人想象中的奇珍异兽,其他的棺材就是用四块木板草草一钉,涂上黄色油漆,这便是这船货物的情况。华贵或者贫寒,每口棺材上都有名有姓。弗利和克莱格边走边能看到：永平府的连福,抚宁的南楼,林家的沈进,古里洼的郎,等等。不可能搅浑。每一具尸体都细细地贴上了标签,它们将被按地址发送,然后,放在果园菜园里,平原田野上,等待着入土为安。

"很清楚了！"弗利说。

"照看良好！"克莱格答道。

在一个商人的店铺里,旧金山或纽约船舶代理人的码头上,他们照样也这么说！

克莱格和弗利走到靠近船首的尽头,最黑暗的部位,他们停下来,望着像公墓里的小路似的十分清楚的通道。

他们的探察已经完毕,正准备返回甲板,这时,传来一个轻微的声响,引起了他们的注意。

"有老鼠！"克莱格说。

"有老鼠！"弗利答道。

对于这些啮齿类动物,这样的货物可不怎么样！换上一船小米、大米或者玉米才更合它们的胃口！

然而,声音还在继续。它发自右舷,一人高的地方,因此,是从最上一排棺材里发出来的。如果这不是在磨牙,那就只能是用爪子或者指甲在抠？

"呼噜噜！呼噜噜！"克莱格和弗利说。

声音没有停下。

两个保镖走到一起,屏住呼吸谛听。非常肯定,这抠木头的声音来自一口棺材的内部。

"他们会不会在哪个盒子里放了个得了嗜睡症的中国人?……"克莱格说道。

"经过五个星期航行,他醒来了?"弗利答道。

两个保镖把手放在可疑的棺材上,发现,不可能搞错,棺材里面有动静。

"有鬼!"克莱格说。

"有鬼!"弗利说。

同样的想法很自然地出现在这两个人的脑子里,那便是马上就有危险威胁到他们的客户。

他们当即慢慢地抽回手来,感到棺材盖正被小心翼翼地顶起来。

克莱格和弗利,作为什么都不可能让他们手足无措的老手,一动不动地待着,而且,既然在这片深沉的黑暗中他们啥都看不见,那就听,按捺住忐忑的心听一听。

"郭,是你吗?"一个声音极度谨慎地问道。

几乎与此同时,从左舷一口微微打开的棺材里,一个声音嗫嚅道:

"发建,是你吗?"

然后,很快交换了这么几句话:

"是今儿晚上动手?……"

"就今儿晚上。"

"月亮升起来之前?"

"二更天。"

"弟兄们呢?"

"通知他们了。"

"棺材里躺了三十六个小时,我受够了。"

"我都受不了了!"

"总之,这是老沈让这么干的!"

"安静!"

一提到这个著名的太平军的名字,克莱格和弗利,那么有自制力的人都控制不住轻轻一动。

突然,盖子重又盖好在这些长方形的盒子上。"三叶"号底舱恢复寂静无声。

弗利和克莱格四手四脚地爬行,回到大舱洞下明亮的地方,踩着支柱槽口,爬上甲板。不一会儿,他们在舱面间后面,谁都听不到他们说话的地方停下。

"在说话的死人……"克莱格说。

"就不是死人!"弗利答道。

有一个名字让他们全明白了,这便是老沈的名字!

由此可见,这个可怕的太平军的弟兄们已经混上了船。我们能不能怀疑尹老大和他的船员们、大沽港给帆船装上这批殡葬物品的装卸工是他们的同谋?不!这些棺材,把它们从旧金山运回来的美国船上卸下来以后,在码头仓库里待了两天两夜。有十来个,二十来个,也许还要多,老沈的手下,撬开棺材,清空了里面的尸体,以便取而代之。然而,在他们头儿的授意下,要做出这一击,他们肯定已经知道金福上了"三叶"号?那么,他们又是怎么得知这个消息的呢?

这一点绝对弄不明白,况且,此时此刻也不是该考虑弄清楚这个问题的时候。

可以肯定的是,有一些属于最凶恶类型的中国人,从大沽出发就已经上了这条帆船,他们中的一个刚才提到了老沈这个名字,金福的性命即将受到直接的威胁!

就在今晚,这个6月28日到29日的夜晚,将让百年公司付出二十万美元的代价,它,再过五十四个小时,保单不续签的话,便不用给它珍贵的客户的受益者们支付分文了!

如果以为弗利和克莱格在这种严重的局势前会晕头转向,那就不了解他们了。他们当即便做出了决定:必须强迫金福在二更天之前离开帆船,带着他一起逃走。

可是,怎么逃出去呢?夺下船上唯一的救生艇吗?不可能。那是一艘沉重的独木舟,必须由全体船员合力才能把它从甲板上抬起来,放进海里。然而,尹老大和他的船员们是不会帮这个忙的。所以,必须另想办法,不管要冒多大的险。

这时已经是晚上七点了。船长关在他的舱房里没有出来。显然,他在等候和老沈的弟兄们约定的时刻到来。

"一分一秒都拖不得了!"弗利和克莱格说。

是的!得抓紧分秒!两个保镖就像在一条满载硫黄炸药驶向远海,引信已经点燃的火攻用船上,感到危险已经迫近。

这时的帆船仿佛被放任自流。船头上只有一名水手在睡大觉。

克莱格和弗利推开船尾舱面间的房门,来到金福面前。

金福在睡觉。

一只手按到他身上把他惊醒了。

"找我有什么事吗?"他说。

短短几句话便让金福明白了形势。勇气和冷静都没有抛离他。

"我们把这些假死人统统抛进海里去!"他嚷嚷道。

大胆的主意,可就是绝对实施不了,因为尹老大和底舱的那些乘客是同谋。

"那怎么办?"他问道。

"穿上这个!"弗利和克莱格答道。

说着,他们打开在通州上船时带来的一个包裹,把拜东上尉发明的那些神奇的航海器械之一介绍给他们的客户。

包裹里还有其他三件带有不同用品的器械,补全并且使之成为一流的救生用品。

"行,"金福说,"去把孙叫来吧!"

不一会儿,弗利把稀里糊涂的孙带了过来。得帮他把衣服穿上。他机械地任人摆布,只是用一声声令人心碎的"哎哎呀"表示他的想法!

八点钟,金福和他的伙伴们准备就绪。他们的样子就像四头准备跳水的北冰洋海豹。不过,应该说孙这头海豹,就这种海洋哺乳动物惊人的灵活性而言,只能给人一个颇不雅观的概念,穿着这种不沉的衣服,他是那么软弱无力和萎靡不振。

东方已经进入朦胧的夜晚。帆船漂浮在平静的水面绝对的宁谧之中。

克莱格和弗利推开船尾舱面间封闭舷窗的一块隔板,窗洞便开在帆船船沿的上方。孙被不由分说地抬起来,塞出舷窗,抛进海里。金福紧接着跟在他后面。然后是克莱格和弗利,他们拿起必需的设备,跟着跳了下去。

谁都不会想到"三叶"号的乘客们刚刚离船而去。

孙被不由分说地抬起来,塞出舷窗,抛进海里。金福紧接着跟在他后面。

第19章 "三叶"号的船老大和他的船员们
　　　　 都没落得好下场

　　拜东上尉的器械就是一套橡胶衣服,包括裤子、上衣和风帽。从所用材料的性质而言,它们都是防水的。然而,防水却不能御寒,抵御在水里浸泡时间太长造成的寒气。因此,这些衣服都有夹层,两层之间可以吹入一定量的空气。

　　这层空气有两个作用:第一,维持悬浮装置漂浮在水面上;第二,以它的介入阻隔和周围液体的接触,从而防止出现降温。穿上这样的衣服后,人便能无限期地漂浮在水中了。

　　这些装置连接处的密封性毋庸说是十分完好的。裤子脚底下是一双沉重的鞋子,裤子便扣在一条金属腰带的圆环上,相当宽松,能让身体有一定的活动自由。上衣也固定在这条腰带上,衣领连接一个牢固的项圈,风帽也扣在这个项圈上。风帽围绕着脑袋,风帽边缘的松紧带使之和前额、面颊、下巴严丝合缝。因此,一张脸便只露出了鼻子、眼睛和嘴巴。

　　上衣上固定有好几根橡皮管,用于往衣服里吹气,并且可以按照想要的密度进行调节。这样,我们就能够随心所欲地想一直浸入到脖子,还是仅仅淹没到半身腰,甚至采用水平姿势了。总之,完全能自由行动和采取各种姿势,有绝对的安全保证。

　　这套器械的情况就是这样,它为它大胆的发明者带来了那么巨大的成功,在相当一部分海难中已显示出了它的实用效果。各种配件补充了它的不足:一个斜背的防水袋,里面装着几样用品;一根结实的棍子,固定在脚边的套筒里,棍子上带有一张裁成三角形的小帆;一把很轻的短桨,根据不同情况,既可当桨,又可当舵使用。

金福、克莱格和弗利、孙就是这样的装备,当下漂浮在水波面上。孙听之任之,让两名保镖中的一名推着,然后,划上几桨,便离开了帆船。

夜晚,尚且漆黑一片,有利于这一行动。即便尹船长或者他的那几位船员登上甲板,也看不见逃亡者。况且,谁都不会想到他们会在这种情况下离船而去。关在底舱的那些无赖,要到最后一刻才会得知这个消息。

最后那口棺材里的假死人说了,"二更天"举事,也就是说,要到接近子夜时分了。

因此,金福和他的伙伴们尚有几个小时可用来逃跑,他们希望在这段时间里,能跑出"三叶"号下风一海里。确实,此时已开始有一股"凉意"吹皱如镜的海面。然而,这股凉风是那么轻微,所以,他们还是得靠划桨远离帆船。

只消几分钟时间,金福、克莱格和弗利就习惯了他们的器械,能得心应手地进行操作了,在这柔软的质地上,不管是要做一个动作,还是要变换姿态,都不用思虑再三。孙本人,很快便恢复了神智,他觉得比之于在帆船上,现在无可言喻地自在多了。他的晕船一下子消失了。这是因为半个身子沉浸在水里,不用再遭受船上的颠簸摇晃,或者涌浪的摇曳,感觉很是不同,孙为此感到某种满足。

然而,如果说孙不再晕船了,他却开始感到极其恐惧。他想到,那些鲨鱼恐怕还没有睡觉,然后,本能地,他缩起双腿,仿佛这就要被鲨鱼咬着了!……说实话,在这种情况下,有点儿担心也算不上不合时宜。

就这样,金福和他的伙伴们行进在噩运不停地把他们抛进去的最反常的境遇之中。他们划着桨的时候,身体几乎呈水平状态。当他们停下来时,便恢复直立。

他们离开"三叶"号一小时后,帆船还在迎风半海里处。这时,他们靠在平放的短桨上,停下来,小心翼翼地用极低的声音商量一番。

"那个混蛋船长!"克莱格嚷嚷着抛砖引玉。

"那个无赖头儿老沈!"弗利对了一句。

"这让你们感到不可思议?"金福说道,他的口气就像一个再没有什么能让他感到意外的人。

"是啊!"克莱格答道,"我就弄不明白,这些家伙是怎么知道我们会搭乘这条帆船的!"

"确实弄不明白。"弗利附和道。

"这不重要了!"金福说,"既然他们已经知道了,而我们也已经逃出来了!"

"逃出来了!"克莱格答道,"不!只要还能看见'三叶'号,我们就不能算脱离了危险!"

"那么,怎么办呢?"金福问道。

"加把劲儿,"弗利答道,"尽可能跑远点儿,以便天亮的时候不要被看到!"

说着,弗利往他的衣服里吹了一些气进去,使他的半个身子升起在水面上。接着,他把袋子拉到胸前,打开袋子,掏出一个小瓶子,一个酒杯,斟满一杯提神强身的烧酒,递给他的客户。

金福毫不客气,一口把它干了,涓滴不剩。克莱格和弗利照章办理,孙也没落下。

"还可以吧?……"克莱格问他道。

"好些了!"喝完后,孙答道,"要是我们能吃点儿东西就好了!"

"明天,"克莱格说,"天一亮我们就用餐,再喝上一杯茶……"

"冷茶!"孙做了个鬼脸,嚷嚷道。

"热茶!"克莱格答道。

"你能生火?"

"我能生火。"

"干吗等明天?"孙问道。

"你想让我们的火光告诉尹船长和他的同谋我们在哪儿吗?"

"不!不!"

"那就等着明天吧!"

说真的,这些正直的人"就像在自己家里那样"说得轻松!只是,轻微的涌浪使他们的身体一上一下浮动,让人有种不一般的滑稽的感觉。他们随着无规则的波浪起伏轮番升起或落下,就像在钢琴演奏家手指下起落的琴槌。

"风力开始增强了。"金福提醒道。

"我们开航!"弗利和克莱格答道。

说着,他们准备竖起他们的棍子作桅杆,以便张挂小帆,这时,孙发出一声恐惧的惊呼。

"蠢货,还不住口!"他的主人对他说道,"你真想让我们被发现啊?"

"可我好像看见了……!"孙嗫嚅道。

"看见了什么?"

"一个庞然大物……它正在靠近!……好像是鲨鱼!……"

"看花眼了,孙!"克莱格细细观察海面后,说道。

"可是……我好像感觉到了!……"孙又说道。

"闭嘴,胆小鬼!"金福说着,把一只手按在他仆人的肩上,"即使你感

到腿上被咬住的时候,我都禁止你叫喊,要不……"

"要不,我在你衣服上捅一刀,把你送到海底去,你在那儿想怎么喊就能怎么喊了!"

不幸的孙,可见,他的磨难还没有到头。恐惧正折腾着他,还折腾得厉害,可他却再不敢吱声。如果说,他并不后悔离开了帆船,摆脱了晕船,那么,不用多久,他就会感到遗憾了。

正如金福所指出的,微风要吹起来了;可这却只是一阵轻飑,往往太阳一升起,它就停息下来了。然而,他们还是应该好好利用,以便尽可能地远离"三叶"号。当老沈的手下在舱面间找不到金福之时,很明显,他们会到处搜寻他,而一旦看到他,独木舟很容易就能把他抓回去。因此,不管需要付出多大的代价,要紧的是在黎明前跑得远远的。

微风从东方吹来。不管狂风已经把帆船吹到了辽东湾,或者北直隶湾,甚至黄海的哪个位置,往西漂去,显然便能登上海岸。在那边,还有可能遇上一条寻找北运河河口的商船,还有日日夜夜出没于海滨附近的渔船。因此,在相当程度上,被救起的可能性会越来越大。如果相反,风从西方吹来,而且,如果说,"三叶"号被刮到了比朝鲜海岸更南面的地方,金福和他的伙伴们便没有生还的希望了。在他们面前的会是无边无际的海洋,等他们飘到日本海岸的时候,他们只能是四具装在防水的橡胶套子里的尸体了。

然而,诚如前面所说,这股微风很可能在太阳升起的时候停下来,他们必须及时利用,谨而慎之地跑出视线。

这时已是晚上十点左右。月亮将在子夜前些时间升起在天边。因此,必须抓紧每一分钟。

"张帆!"弗利和克莱格说。

操作当即开始。总之,再没有比这更容易办到的了。每个人的裤子右脚鞋底上都有一个套子,用于插当小桅用的棍子。

金福、孙、两个保镖首先仰躺在水面上,然后弯起膝盖,把棍子插进套子,在这之前,他们先已把小帆的桅杆索穿在了棍子的顶端。他们重又成水平状态躺下时,棍子便垂直竖起,和他们的身体形成直角。

"升帆!"弗利和克莱格说。

于是,各人用右手压下帆索,把裁成三角形的尖尖的帆角升到小桅顶上。

帆索拴在金属腰带上,下后角索则抓在手里,微风把四张帆吹得鼓鼓的,带着这支穿潜水服的小舰队行进在轻轻泛起的伴浪中。

这些"人舟"能称得上潜水员这个名字吗?潜水员更确切地是指海底工作者,这个名字用在他们身上未免模糊其词和不恰当。

十分钟后,他们便都能十分有把握和轻松地操作了。他们航行在同一航线上,互不分离。就像一群巨大的海鸥,在微风中展开翅膀,轻松地滑行在水面上。

再者,海上的状况对他们的航行也十分有利。海面上起伏的波浪长长的,没有怒涛,也没有小浪或三角浪前来扰乱这平静的局面。

只有两三次,愚笨的孙忘记了弗利和克莱格的嘱咐,想转过头去,呛了几口苦涩的海水。可他作了一两次呕便没事了。况且,让他感到不安的并不在于此,而是怕遇上凶残的角鲨群!不过,他听人解释说水平状态比垂直状态危险性小些。确实,鲨鱼歪斜的嘴巴迫使它在咬猎物的时候必须转身,而这个动作在它想咬住一样水平状的漂浮物时颇不容易。另外,我们还注意到,如果说这些贪婪的动物扑向毫无生气的躯体,在能活动的躯体前,它们却会踟蹰不前。因此,孙必须强迫自己不停地扭动,而如果他在动,那大家就随他去想什么了。

这些穿潜水服的人就这样航行了将近一个小时。对于金福和他的

金福、孙、两个保镖首先仰躺在水面上,然后弯起膝盖,把棍子插进套子,在这之前,他们先已把小帆的桅杆索穿在了棍子的顶端。

伙伴们来说,这样不紧不慢正好。慢了,他们离开帆船的速度就不够迅速。紧了则会让他们因为给予小帆的张力和过大的伴流感到疲倦。

这时,克莱格和弗利下令"停止"。下后角帆索松开了,小舰队停了下来。

"先生,休息五分钟,如何?"克莱格对金福说。

"很好。"

所有的人恢复了垂直的姿态,除了孙,出于谨慎,仍然躺着,两腿继续不停地乱动。

"再来一杯烧酒?"弗利说。

"很乐意,"金福答道。

来上几口这种提神健体的酒浆,眼下他们有此就足矣。饥饿还没有开始折磨他们。他们在离开帆船之前一个小时用了晚餐,撑到第二天早上没有问题。至于取暖,那就用不着了。介于他们的身体和海水之间的那层空气,保证他们不受丝毫寒冷的侵袭。从出发以来,他们身体的正常温度没有降下一度。

那么,"三叶"号还在可见范围内吗?

克莱格和弗利转身张望。弗利从他的防水袋里掏出一个小型夜晚用望远镜,在东部的地平线上细细地搜寻。

什么都没有!在漆黑的夜空背景上,感觉不到有船舶勾勒出来的那种阴影。况且,黑乎乎的夜色中还有点雾霭,夜空中只有稀稀拉拉几颗星星。天体在苍穹中只是构成模糊一团。然而,很可能,用不了多久,月亮便会露出它那半个脸盘,驱散这些并不浓重的夜雾,澄清广阔的玉宇。

"帆船在很远的地方!"弗利说。

"那些混蛋还在睡觉,"克莱格答道,"他们利用不到这阵微风了!"

"你们还等什么?"金福说着扯紧帆索,重又把帆升起在风中。

他的伙伴们跟着他也这么做了，他们在一阵较强的微风推动下，朝着先前的方向驶去。

就这样，他们奔向西方。因此，在东方升起的月亮不会直接地照到他们的眼睛上；但是，它刚刚升起时的光辉却把对面的地平线照亮了，也正是这一头的地平线需要仔细观察。也许，那边不再是苍天和大海清晰地划出的一条弧线，而是镶着月亮光的高低起伏的阴影。身穿潜水服的人们不会搞错，那便是天朝帝国的海岸线，他们不管靠上了哪个点都得救了。海岸很平坦，几乎没有拍岸浪。因此，登陆不可能有危险。一旦登上陆地，他们再决定以后的事情怎么办。

十一点三刻左右，天顶的雾霭中显现出朦胧的白光。四分之一个月亮开始跃出水面。

金福和他的伙伴们谁都没有回头。海面上的水汽被驱散的同时，微风带着凉意，正以某种速度送他们前行。然而，他们感到空中渐渐明亮。

与此同时，群星更加明朗地显现出来。再度刮起的风扫清薄雾，身穿潜水服的人们脑袋上感到波浪的拍打力度加强了。

月亮从铜红色转为银白色，很快便照亮了整个天空。

突然，从克莱格嘴里脱口而出一声地道的咒骂，一声率真的，正宗美国味儿的咒骂：

"帆船！"他说。

大家全都停了下来。

"降帆！"弗利喊道。

眨时间，四个三角帆收了起来，棍子从套子里拔出来。

金福和他的伙伴们恢复了垂直姿态，望了望身后。

"三叶"号就在那儿，不到一海里的地方，幽幽的黑影突现在被照得亮晃晃的地平线上，船帆鼓得满满的。

"三叶"号就在那儿,不到一海里的地方,幽幽的黑影突现在被照得亮晃晃的地平线上,船帆鼓得满满的。

没错就是那条船！它正乘着风力开航。尹老大也许已经发现金福不见了，却弄不明白他是怎么逃走的。于是，他和他在底舱里的同谋通了气，信马由缰，开始追逐。他以为用不了一刻钟，金福、孙、克莱格和弗利将重新落入他们的手中！

可是，在海面上，这束光芒中，沉没在月光里的他们被看见了吗？也许没有！

"低头！"克莱格说，他还怀着这个希望。

大家明白。器械上的管子放掉了一些气，四名穿潜水服的人下沉到只让他们戴着风帽的脑袋露出水面。他们只能在保持绝对的噤声和纹丝不动中等待。

帆船迅速靠了上来。它高高的船帆在水面上投下巨大的阴影。

五分钟以后，"三叶"号离他们只有半海里了。在舷墙上方，可见水手们来回奔忙。船长在船尾把舵。

他在操纵帆船追赶逃亡者吗？或者，他只是设法维持走在风道上？我们无从得知。

突然，只听得一片呼喊声。有一拨人出现在"三叶"号的甲板上。叫喊声越演越烈。

很明显，逃出底舱的假死人和帆船的船员之间发生了搏斗。

可是，他们怎么打起来了？所有这些无赖、水手和海盗，难道说他们不是一伙的？

金福和他的伙伴们非常清楚地听到，一方面是可怕的叫骂，另一方面是痛苦和绝望的呼喊，在不到几分钟的时间里，这些声音便停息了。

接着，在帆船边响起啪啪的水声，说明尸体被丢进了海里。

不，尹船长和他的船员不是老沈匪帮的同党！相反，这些可怜的人遭到了突袭和杀戮。躲在船上的那些混蛋——也许得到了大沽装卸工的帮助——他们的意图只是为太平军夺下这条帆船,而且可以肯定,他们并不知道金福曾是"三叶"号的乘客!

然而,如果金福被看到了,被抓住了,那么,不管是他,还是弗利和克莱格,还是孙,都别想从这些混账东西那里得到宽恕。

帆船一直在行驶,一直行驶到他们身边,可是出于意料之外的运气,它巨大的帆影正好投到他们身上。

他们潜入水中一会儿。

当他们重新露出水面的时候,帆船已经驶过,并且,正疾驶在迅猛的尾流中。他们没有被发现。

一具尸体漂浮在后面,水流把他渐渐推近穿潜水服的人。

飘来的是船长的遗体,一把匕首插进了他的腰部。他长衫的皱褶尚且把他支撑在水面上。

接着,他沉了下去,消失在大海深处。

乐天的尹船长,"三叶"号的老大就这样没了。

十分钟后,帆船隐没在西方,海面上又只剩下了金福、弗利和克莱格及孙。

第20章 这些人又遇上了什么

三小时后,第一缕曙光淡淡地出现在地平线上。天色很快就大放光明,茫茫的大海能看得清清楚楚了。

帆船已经无影无踪。它和漂流者之间迅速拉开距离,他们不可能和它比速度。他们走的是同一条路,在同样的微风推动下,朝着西方,然而,现在的"三叶"号恐怕顺风已经跑到他们前面三法里多的地方了。因此,完全不用害怕那条船上的人了。

可是,这个危险躲过去了,却并不能让目前的处境轻松很多。

实际上,海上绝对不见人影。一眼望去看不到大船,也没有渔舟。北方和西方都不见陆地的影子。没有任何东西表明附近有什么海岸。这片海域是属于北直隶海湾的,还是属于黄海的?就这个问题而言,他们完全不能确定。

然而,浪面上还刮着风,绝不能把这些风错过了。帆船所走的方向说明陆地的位置——或多或少很近了——在西方,而且不管怎样,陆地还是该去那个方向寻找。

因此,漂浮者们决定重新竖起小帆,不过,先得填饱肚子。肚子在要求它们应得的东西,在这种情况下航行了十个小时,使它们的要求变得极为迫切。

"我们这就来。"克莱格说。

"大快朵颐。"弗利补充道。

金福打了个同意的手势，孙则咂吧了一下嘴，这个动作是不会让人误解的。此时此刻，这个饥饿的人所想到的已经不是就地被吞食，而是相反。

防水袋因此而打开。弗利从袋子里掏出各种高质量的食物，面包，罐头，几件餐桌用具，总之，所有用于平息饥渴的东西。出现在中国人晚餐常见的菜单上的一百道菜，这里缺少九十八道。但是，这里有足以让宾客们恢复体力的东西，而且，这也绝不是显示自己食不厌精的时候。

就这样，大家用了餐，而且胃口极佳。防水袋里装有可供两天的食物。而在这两天里，他们就要登上了陆地，要不就永远回不到陆上了。

"可我们还是大有希望的。"克莱格说。

"为什么你们就大有希望？"金福问道，语气中不无嘲弄的成分。

"因为好运又转向了我们一边。"弗利答道。

"啊，你们这么觉得？"

"也许吧，"克莱格又说道，"最大的危险是帆船，而我们都逃出来了。"

"先生，自从我们有幸负责保护您的人身安全以来，"弗利补充道，"您从来还不曾有过像在这里这般的安全呢！"

"全世界的太平军一起出动……"克莱格说。

"都不可能抓到您……"弗利说。

"而对于一个重达二十万美元的人来说……"克莱格补充道。

"您潇洒自如地漂流海上！"弗利补充道。

金福禁不住莞尔一笑。

"如果说我还在漂流，"金福答道，"先生们，这全亏了你们啊！要没有你们的帮助，我现在早去了可怜的尹船长去的地方了！"

"我们也一样啊!"弗利和克莱格还嘴道。

"还有我呢!"孙嚷嚷道,他费劲地让一大块面包从他嘴里进入到他的食道。

"不管怎样,"金福又说道,"我知道自己亏欠了你们什么!"

"您什么都不亏欠我们,"弗利答道,"因为您是百年公司的客户……"

"人寿保险公司……"

"保险金额二十万美元……"

"而我们十分希望……"

"公司不会亏欠您什么!"

说实在的,不管他们的动机是什么,金福为两位公司代表对他所表现的忠诚深深地感动。所以,他丝毫不隐瞒自己对他们的感情。

"这一切我们以后再说吧,"他补充道,"等老沈把王令人遗憾地转交给他的那张纸条还给我的时候!"

克莱格和弗利互相望了一眼。他们的唇边露出一丝难以察觉的微笑。他俩之间显然心有灵犀。

"孙?"金福说。

"先生?"

"茶?"

"这就来了!"弗利答道。

弗利答应得对,因为,在这种情况下烹茶,孙的回答会"是",这绝对办不到啊。

然而,如果以为两位保镖会被这点儿小事难倒,那就太不了解他们了。

弗利从袋子里掏出一个小小的用具,这是拜东上尉的器械所不可或缺的配件。确实,这东西晚上可以用作风灯,天气冷了可以取暖,想要喝热饮料则可以用来当炉子。

实际上,再没有比这更简单的事儿了。一根五六英寸长的管子,连接在一个金属器皿上,金属器皿上面有一个龙头,下面有一个龙头,所有这一切嵌在一块软木板里,就像在澡堂里使用的漂浮温度表。这种装置的样子就是如此。

弗利把这件器具搁在水面上,海水平静,犹如镜面。

他用一只手打开上面的龙头,用另一只手打开装在浸没水中的器皿下面的龙头。当即从一头喷出漂亮的火焰,散发出十分可观的热量。

"这便是炉子!"弗利说。

孙简直不敢相信自己的眼睛。

"您用水来生火啊?"他嚷嚷道。

"用水和磷化钙!"克莱格答道。

确实这种器具就是利用磷化钙的特性制造出来的,这种磷的化合物一接触水便产生磷化氢。而这种气体遇到空气就会自发燃烧,风吹不熄,雨打不灭,海水浇也浇不死。所以,它现在被用来照亮改良的救生圈,这种救生圈丢进海里便让磷化钙接触到了水。当即救生圈上就会喷出火焰,这样就能让黑夜掉进海里的人找到它,也能让水手直接奔向他的施救对象①。

当氢气在管子头上燃烧的时候,克莱格在火焰上搁了个开水壶,壶里装满了他取自袋子里一个小水桶的淡水。

几分钟后,水便开始沸腾。克莱格把水冲进放了几撮好茶的茶壶里,这一回,金福和孙喝到了美国式的茶——这样做并没有引起他们方面的任何异议。

---

① 法国驻维也纳使馆的档案保管员塞佛特先生和希拉斯先生是这种目前普遍使用在战舰上的救生圈的发明人。

他用一只手打开上面的龙头,用另一只手打开装在浸没水中的器皿下面的龙头。当即从一头喷出漂亮的火焰,散发出十分可观的热量。

这杯热饮恰如其分地结束了在"某个"纬度、"某个"经度的海面上使用的一餐。就缺一个六分仪和一个计时计来确定位置和相差几秒的时间了。有朝一日,这些仪器也会被用来补充拜东的装置,而遇上海难的人就再不会在大海里迷路了。

金福和他的伙伴们休息好了,精力恢复了,便重又展开小帆,继续被这顿吃得舒服的早餐打断的航行,取道向西。

这阵风持续了十二小时,漂浮者们顺风顺水一路顺利。只要时不时用短桨轻轻拨一下纠正航向。在这种水平姿态下,柔柔地、缓缓地被带着向前,入睡的趋势油然而生。因而,必须抵御瞌睡,在这种情况下入睡可极不合时宜。克莱格和弗利为了不要屈服,点燃了一支雪茄,他们抽着烟,就像在游泳学校里那些只是想在水里泡一泡的公子哥儿那样。

另外,有好几次,漂浮者们受到一群蹦蹦跳跳的海洋动物的惊扰,不幸的孙更是因此而十分害怕。

幸好,那只是些不会伤人的鼠海豚。这些大海洋里的"小丑",它们只是跑来侦察一下漂浮在它们的地盘上的这些奇怪的生物是何许物种——和它们一样的哺乳动物,不过绝不是海里的。

奇特的景象啊!这些鼠海豚成群结队游近来,它们的速度快得像箭,以它们宝石绿的肤色和海水层的颜色略有差别。它们能跃出水面五六米,仿佛在翻着空心跟头,证明了它们肌肉的柔韧性和力量。啊,如果漂浮者们能以这样的速度破浪前进,这比最快的船舶还快,他们肯定用不了多长时间就能返回陆地了!这使他们想把自己系在这种动物的身上,让它们拖着走。然而,它们又是翻跟头,又是潜水,那可受不了!最好还是请求海风多多移动,虽说慢一些,却更为实际。

然而,将近中午,风突然停了。它以毫无规律的阵阵短风告终,它们让小帆鼓起一会儿,然后让它们毫无生气地耷拉下来。下后角索不再在

握着它的手里绷紧。伴流不再在漂浮者们的脚边和头边上汩汩作响。

"有大……"克莱格说。

"麻烦了!"弗利应道。

他们暂停片刻。桅杆拔了出来,帆收了起来,大家都恢复了垂直姿势,望了望远处。

海上始终不见人影。看不到帆,也不见天边有汽轮吐出的化开的黑烟。灼热的太阳吸干了弥漫的水汽,并且仿佛使气流都变稀少了。水温似乎变得很高,即使是对没有穿着双层橡胶的密封衣服的人而言!

然而,虽说弗利和克莱格对他们这场遭遇的结局是那么乐观,他们还是没少担心。确实,将近十六个小时跑了多少路程难以估算;然而没有一点迹象显示海岸就在附近,没见到一艘商船,也不见一条渔船,这便变得越来越不好解释了。

幸好,金福、克莱格和弗利不是那种没到时间先发愁的人,如果说,这个时间总归要到来的话。他们还有可吃一天的储备粮,而没有征兆预示天气会变恶劣!

"划桨!"金福说。

这是出发的信号,漂浮者们一会儿躺着,一会儿趴着,继续向西方航行。

前进的速度不快。短桨的操作使不惯于这种运动的双臂很快便感到疲乏。他们常常得停下来等一等落在后面的孙,孙又开始了他的长吁短叹。他的主人叫他,骂他,威胁他,孙听之任之,他不再为剩下的那点尾巴担惊受怕,因为它现在有厚厚的橡胶帽子护着呢。再者,害怕被丢下不管就足以让他不敢落得太远了。

两点钟左右,空中出现了一些海鸟。那是海鸥。可是,这种飞行速度很快的禽类会在海上飞得很远。因此,人们无法从它们的出现便断言离海岸很近了。然而,这还是能被视作是个好兆头。

一小时以后,漂浮者们陷入了马尾藻丛,令他们难以脱出身来。他们就像卡进拖网网眼里的鱼儿进退不能,不得不拔出刀来,在这海洋的荆棘丛中大砍大伐。

他们在那里足足丢掉了半个钟头,耗费了本来可以用在更好的去处的精力。

四点钟,漂流小队再次停下,应该说,他们都很累。这时,刮起了一阵相当凉爽的海风,然而,这阵风却是从南方刮来的。此情此景令人十分担忧。确实,漂浮者们不能继续像一艘有龙骨支撑它避免偏移的小船那样,凭借后侧风航行了。如果他们张开小帆,他们就有可能被吹往北方,丧失一部分他们已经取得的向西方的进展。另外,此时出现了一个较大的涌浪。一阵相当强烈的波动在海面上掀起长长的海底涌浪,使局势变得极为艰难。

因此,歇息时间相当长。他们利用这段时间不仅用来休息,还用来恢复体力,再次吃点东西。这个下午餐就没有上午餐那样的快活了。几小时后,夜色又要降临。风越来越凉爽……何去何从?

金福靠在他的短桨上,紧锁双眉,对噩运的死缠烂打他感到的愤怒更多于不安,他一言不发。孙不停地呻吟,并且已经开始像一个受到可怕的鼻炎威胁的人那样大打喷嚏。

克莱格和弗利内心感觉到了他们的两位同伴的询问,可是,他们却不知道该作何答复!

最后,还是一个最最幸运的偶然为他们提供了答案。

五点不到一点儿,克莱格和弗利同时伸手指向南面,嚷嚷道:

"船帆!"

确实,在迎风三海里处出现了一艘小船,正全速航行。这样,按照它顺风行驶的航向继续航行,它将从离金福和他的伙伴们停下的那个位置

不远的地方经过。

因此,他们便只有一件事情可做了:成直角迎上前去,拦在这条船的去路上。

漂浮者们当即朝这个方向运作。劲头儿回来了。现在,可以说,活命的希望就把握在他们手中,他们绝不会放过它的。

风向不再允许他们使用小帆,但是短桨应该够用了,要游过去的路程相对较短。

他们看到越来越强的海风中的小船迅速变大。那就是一条渔船,它的出现明显地说明海岸线离此不会很远了,因为中国的渔民很少会去远海冒险。

"加油!加油!"弗利和克莱格一边使劲划桨一边喊道。

他们的同伴可不需要他们的激励。金福平躺在水面上,划得像一艘赛艇般的快速。至于孙,他确实干得比平时都好,跑在最前面,他是那么害怕落在后面!

游了将近半海里,这是到达小船航道必须游完的距离。况且,天色还是明晃晃的,漂浮者们即便没有到达近得能被看见的地方,也能让人听到他们的呼救声了。然而,渔民们看到这些奇怪的海洋动物在叫唤他们,会不会被吓跑了呢?这种相当危险的可能性还是存在的。

不管怎么说,还是得分秒必争啊。因此,他们挥舞双臂,短桨迅速地拍击在小小的浪峰上,距离眼见着越来越近。这当儿,始终跑在前面的孙,突然发出一声惊惧的呼叫。

"有鲨鱼!有鲨鱼!"

这一回,孙没有弄错。

在二十米开外的地方,他们看到浮起两个突出物,那是一种凶残的鱼类的背鳍,它叫虎鲨,名副其实,它的本性使之,其凶残是角鲨和猛兽

最后，一个最最幸运的偶然为他们提供了答案。五点不到一点儿，克莱格和弗利同时伸手指向南面，嚷嚷道："船帆！"

的两倍。

"亮刀子!"弗利和克莱格喊道。

这是他们身上带有的唯一的武器,也许不足以用来抵御的武器!

孙,我们想象得出,突然停下,扭头就迅速往回跑。

鲨鱼看到了漂浮者们,便朝他们游来。不一会儿,它巨大的身躯出现在透明的海水里,有条纹的身上凸显绿色的斑点。它长达十六到十八米。一头怪物!

它最开始时扑向的是金福,半转过身来企图咬他。

金福完全保持着冷静和沉着。就在鲨鱼要咬到他的时候,他用短桨撑在它背上,使劲一推,迅速逃开。

克莱格和弗利冲上前来,准备进攻和防守。

鲨鱼潜入水中一会儿,又浮上水面,张着血盆大口,像一把大剪刀,嘴里竖着四排牙齿。

金福想要再来一次使他获得成功的动作,可他的短桨遇上了鲨鱼的嘴巴,一下子就被咬断了。

然后,侧游的动物猛扑向它的猎物。

此时,一股股鲜血喷射出来,把海水染成红色。

克莱格和弗利刚在鲨鱼身上扎了几刀,鱼皮虽硬,长锋美国刀还是把它切开了。

怪物张开的嘴巴,这时一下合上,发出可怕的巨响,同时,它的尾鳍大幅度拍打着海水。弗利腰部被这条尾巴击中,并且被抛出了十米。

"弗利!"克莱格发出尖厉痛苦的叫喊声,仿佛这一下是打在他自己的身上。

"乌拉!"弗利答道,他当即又冲了上来。

他没有受伤。他的橡胶甲胄减弱了这尾巴一击的力量。

怪物张开的嘴巴,这时一下合上,发出可怕的巨响,同时,它的尾鳍大幅度拍打着海水。弗利腰部被这条尾巴击中,并且被抛出了十米。

这时,鲨鱼重又遭到攻击,并且是非常猛烈的攻击。它转过来又转过去。金福终于把他那把短桨断裂的柄插进它的眼眶,并且,冒着被咬成两段的危险,竭力维持插在里面不动,等着弗利和克莱格力求刺中它的心脏。

可以肯定,两位保镖做成功了,因为那头怪物最后挣扎了一下,沉没在泛起的血浪中。

"乌拉!乌拉!乌拉!"弗利和克莱格舞动他们的刀子,同声欢呼。

"谢谢!"金福只是说了声。

"没事儿!"克莱格辩解道,"让这条鱼一口吞掉二十万美元啊!"

"不可能!"弗利补充道。

那么孙呢?孙在哪儿?这一回他冲在前面,已经离那条距离不到三链①的小船很近了。胆小鬼是划着桨逃走的。这差一点给他带来不幸。

事实是,那些渔民隐隐约约看到了他,可他们不敢相信,在这套奇怪的海狗装束里的竟然是个人类。因而,他们准备把他打捞上来,就像打捞一条海豚或者一只海豹那样。就这样,当那个所谓的动物来到他们够得着的地方时,从船上放下了一根长绳,长绳上带有强劲有力的旋转钩。

旋转钩来到了孙面前,勾住了孙腰带以上的衣服,划破了背部,一直划到领子。

孙只剩下双层的裤子里还有空气支撑着他浮起来,他翻了个身,双脚朝天,脑袋淹没在了水里。

这时,金福、克莱格和弗利到了,他们先已用地道的汉语叫喊那些渔民,以防万一。

这些老实人惊恐之极!会说人话的海豹啊!他们正要让帆吃足了

---

① 旧时计量单位,约合200米。

风,以最快的速度开溜……

然而金福让他们放心,让他们认清楚他和他的伙伴们和渔民们一样,也就是说,是人,中国人!

不一会儿,三个陆地哺乳动物便上了船。

剩下孙。他们用一根带钩的篙子把他钩过来,帮他把脑袋扳回到水面上。一个渔民抓住了他的辫梢,把他提起来……

孙的尾巴整个留在了渔民的手中,而可怜的家伙重又潜入了水中。

这时,渔民们用一根绳子把他圈住,费了好大的劲儿才把他拉上船。

他刚到甲板上,吐出了刚才喝下去的海水,金福便走上前去,声色俱厉地问道:

"你的辫子是假的?"

"没这玩意儿,"孙答道,"我知道您剪辫子的习惯,我绝对不敢来给您当差啊!"

他说这话的时候神态是那么滑稽,弄得大家都哈哈大笑起来。

这些渔民是抚宁人。金福想去的港口就在距他们不到两法里的地方。

当晚,八点光景,金福和他的伙伴们便下了船,然后脱下拜东上尉的装束,四个人全都恢复了人类的外表。

剩下孙。他们用一根带钩的篙子把他钩过来,帮他把脑袋扳回到水面上。一个渔民抓住了他的辫梢,把他提起来……

第21章　克莱格和弗利以极其满足的
　　　　　心情看到月亮升起来了

"现在,找那个太平军去啊!"

这便是第二天,6月30日早上,经过这场奇特的遭遇,主人公们应有的一晚上休息后,金福所说的第一句话。

他们终于来到了老沈耀武扬威的舞台。这场搏斗终将开始。

金福能从这场搏斗中胜出吗?也许能,如果他能先找到这个太平军的话。因为,这样他就能按照老沈要求的价格赎回这张纸条了。如果他遭到老沈的突袭,在他还没来得及和王凶残的受委托人谈判,一把匕首便插进了他的胸膛,那样他可就不能胜出了。

"找那个太平军去啊!"弗利和克莱格对视一眼,交换了看法后回应道。

金福、弗利、克莱格和孙穿戴着他们的奇装异服来到这里,以及渔民们在海上接纳他们的方式,这一切都足以激起抚宁小港的某种冲动。要躲开公众的好奇是很难的。因此,前一天晚上,他们就被一大群人围着,一直到了客栈。在客栈里,幸亏金福的腰包和弗利、克莱格的袋子里还藏着钱,他们为自己购置了一些比较合适的衣服。如果金福和他的伙伴们在去客栈路上没有被那么多人围着的话,他们也许就会注意到,有一个天朝人一步不离地跟在后面。如果他们看到这个人,整整一晚上,在

客栈门口窥伺,他们也许会越发感到惊讶。最后,当他们早上发现他还是在那个位置没有挪窝,这就不免会引起他们的怀疑。

然而,他们什么都没看到,丝毫没有怀疑到。当他们走出客栈,这个可疑的人上前来请求当他们的向导,为他们效力的时候,他们甚至都不觉得有什么可惊讶的。

那是个三十来岁的汉子,况且,看上去一副老实相。

然而,在克莱格和弗利心中还是产生了一些疑虑,他们询问了这个人。

"为什么,"他们问他道,"您毛遂自荐来当向导?您打算带我们上哪儿?"

再没有比这两个问题更合情合理的了,然而,也没有比他做出的回答更合情合理的了。

"我估计你们是要去参观长城,"向导说,"来抚宁的旅行者全都想去看看。我熟悉这个地方,这才提出来给你们带路。"

"朋友,"这时,金福介入道,"在做出决定之前,我想知道这一带是不是安全。"

"非常安全。"向导答道。

"在这一带,据说,好像有个叫老沈的人?"金福问道。

"老沈,那个太平军吗?"

"正是。"

"确实有这个人,"向导答道,"可是,在关内这边完全不用怕他。他不会来帝国的领土上冒险。他那伙人活动在长城的外面,蒙古各省。"

"你知道他目前在哪儿吗?"金福问道。

"最近有迹象表明他曾出没在覃塘河一带,离长城只有几里路。"

"从抚宁到覃塘河有多远?"

"五十来里地。"

"好吧,我用你了。"

"一直带上长城?……"

"一直带我到老沈的营地!"

向导禁不住露出惊讶的神态。

"我会付给你很高的酬金!"金福加了一句。

向导摇晃着脑袋,表示他不愿意出关。

然后他说:"一直到长城,没问题!去那边,不行!那会把小命搭上的。"

"估算一下你的命值多少钱!我照价买下来。"

"行。"向导答道。

然后,金福转身朝向两位代理人,补充道:"先生们,你们可以不必陪我一起去!"

"您去哪儿……"克莱格说。

"我们就去哪儿。"弗利说。

百年公司的客户此时对他们而言依然值二十万美元!

况且,经过这场谈话,两位代理人仿佛就向导这方面完全放心了。然而,听他说来,过了这道中国人为抵御蒙古的游牧部落入侵而竖起的屏障,就得防着最最危险的可能了。

出发的准备工作当即便完成了。谁都没问孙要不要去。因为他必须去。

交通工具,比如马车或者大车,在这小小的抚宁镇绝对没有。除了骡马,再无别的。但是,这里倒有不少那种蒙古人用于做买卖的骆驼。这些喜欢冒险的商人结成商队,赶着他们数之不尽的大尾羊群,走在北京到加查的路上。就这样,他们建立起了亚洲部分的俄罗斯和天朝帝国

间的交流。然而,他们走上这些漫长的大草原之路必须结成人数众多的队伍,并且必须武器精良。

他们买下五头骆驼,连同它们最基本的鞍辔。他们往骆驼身上装载食物,购买了一些武器,然后,在向导的引领下出发了。

这些准备工作让他们花了一点时间,他们不得不拖到下午一点才动身。尽管耽搁了一些时间,向导仍然信誓旦旦地保证,在半夜十二点之前就能到达长城脚下。到那里后,他将安排宿营,然后,第二天,如果金福仍然坚持他那冒失的决定,他们就越过边界。

抚宁附近地带的地势坎坷不平。大路上,黄色的沙尘暴呈厚重的涡流状旋转翻滚,蔓延在农田之间。在这种地方,我们仍然能感到有天朝帝国出产丰富的领土。

骆驼慢条斯理地行进着,速度不快,但是持续不断。向导走在高高栖止在他们坐骑的双峰之间的金福、孙、克莱格和弗利的前面。孙非常赞成这样的旅行方式,在这种情况下,他走遍天下都不怕。

如果说行路并不让人感到疲倦,天气却非常炎热。隔着被地面的反射烤得火热的大气层,产生出最不可思议的海市蜃楼效应。广阔无垠得像一片大海的水平面出现在天际,不一会儿它让孙极其满意地消失不见,孙还以为又遭受到了出海航行的威胁。

尽管这个省地处中国的边缘,我们绝不可以为那里便荒芜一片。天朝帝国尽管地域广阔,对于拥挤在它土地上的人口而言依然太小。所以,居民人数众多,即便在亚洲沙漠的边缘一带。

男人们在田间干活。满族妇女则不管农田的活计,我们很容易就能从粉红色和蓝色的服装上把她们辨认出来。一群群黄色的绵羊拖着长长的尾巴,让孙看着好羡慕!它们在这里那里,就在黑色的老鹰眈眈的目光下吃草。哪个反刍类跑远了活该倒霉!这些猛禽确实是可怕的食

他们买下五头骆驼,连同它们最基本的鞍辔。他们往骆驼身上装载了食物,购买了一些武器,然后,在向导的引领下出发了。

肉动物,它们凶残地攻击绵羊、盘羊和小羚羊,甚至被中亚大草原上的吉尔吉斯人用作猎犬。

接着,从四面八方飞起各种野禽,多得黑压压一片。在这块土地上,一把枪是不会闲着没事儿干的。然而,真正的猎手绝不看好网、套索和其他毁灭性器具,使用这些器具的人只配叫作偷猎者,他们只会在小麦、小米和玉米田的犁沟里遮遮盖盖。

此时,金福和他的伙伴们便行进在蒙古尘土的旋风中。他们没有在路边的阴影,该省偏远的农场或相隔遥远的村庄里滞留,这些农场和村庄里都有几座为纪念佛教传奇中的某些英雄而建起的尖塔。他们任由胯下的骆驼带着成一条线前行,骆驼有先后排队行走的习惯,它们的脖子上挂着一个红色的铃铛,铃铛声调节着它们脚步的韵律。

在这种情况下,要进行交谈是不可能的。向导生性不喜欢说话,始终走在队伍的最前面,观察着因为厚重的尘土而奇怪地缩小了范围的农田。他从不犹豫,一路走去,即便在那些交叉路口,没有路标的地方。因此,弗利和克莱格也不再对他有所疑虑,他们把全部的警惕心统统贯注到百年公司珍贵的客户身上了。他们很自然地感到,随着离目标越来越近,他们的忧虑也越来越重。确实,每时每刻,并且还难以预料,他们都可能遇上这么一个人,这个人就那么看准了一下子,将让他们损失二十万美元。

至于金福,他处于这样的精神状态中,对过去的回忆完全压倒了对当前和未来的忧虑。他重温了这两个月以来自己的经历。厄运持续的打击让他不停地忧心忡忡。自从那天,他在旧金山的联系人给他发来所谓破产的消息之后,他不就进入一个确实不寻常的倒霉时期了吗?他第二阶段的生活不正是对前段时期疯狂到不识好歹的作为的清偿吗?这一连串的逆境能以收回那张纸条而告终吗?纸条现在在老沈手中,如果他能够从老沈那儿轻而易举地拿到纸条的话。迷人的雷鸥,能以她的陪伴、她的关怀、她的柔情、她的活泼可爱驱除对他纠缠不休的恶灵吗?是的!过去的这一切在他的记忆中重现,萦绕在他的心头,让他焦虑不安!而王呢!当然,他不能因为王想要实践发誓许下的诺言而责怪他;可是,王,哲人,上海寓所的常客却已经不在那儿,不能再教他明智地处世为人了!

"您当心摔下来!"这时,向导喊道,金福的骆驼刚刚撞上他的骆驼,金福差点儿在遐想中坠下骆驼。

"我们到了吗?"他问道。

"现在是八点钟,"向导答道,"我提议我们休息一会儿,吃点东西。"

"然后呢?"

"然后,我们继续赶路。"

"天要黑了。"

"哦,别担心,我不会让你们迷路的!长城离这儿不止二十里地,最好还是让我们的牲口歇口气!"

"行!"金福答道。

官道边有一栋废弃的破屋。旁边弯弯曲曲的小山沟里流淌着一条小溪涧,骆驼可以在那里饮水。

即在此时,夜晚完全降临之前,金福和他的伙伴们便在那栋破屋里暂时安身,带着长途跋涉后的好胃口吃了东西。

然而,谈话却缺乏生气。有一两次,金福想把话题转到老沈身上。他问向导这个太平军的情况,他了不了解他。向导很担心的样子,摇摇头,然后,他尽可能地避免回答。

"他是不是有时候会到这个省里来呢?"金福问道。

"不会,"向导答道,"可是,他那帮太平军却有好几次过了长城,遇上了他们就糟了！菩萨保佑我们别遇上太平军！"

向导显然不可能理解他的对话者对这些答复的重视。克莱格和弗利听到这些答复皱着眉头对望了一眼，他们掏出怀表，看了看时间，最后，摇着脑袋，说道：

"我们干吗不就在这儿太太平平地待着，等着天亮呢？"

"就在这破屋里吗？"向导嚷道，"我更愿意跑到野地里去露宿！那里还不大会被发现！"

"我们说好了今天晚上要到长城的，"金福答道，"我想到那儿，我要到那儿。"

说这些话的口气不容置辩。孙，已经出于害怕而跑过一阵子，孙自己是不敢提出反对的。

用餐完毕——这时已快九点钟了——，向导站起身，给了出发的信号。

金福向他的坐骑走去，这时，克莱格和弗利走向他。

"先生，"他们说道，"您决定把自己交到老沈手中去吗？"

"决心已定，"金福答道，"我要不惜代价拿到我的纸条。"

"去太平军的营地，"他们又说道，"这可是玩大了啊！"

"我来到这里，已经没有了退路！"金福还嘴道，"你们完全可以不跟着我！"

向导点起了一个很小的袖珍灯笼。两名保镖凑到一起，第二次看了看他们的怀表。

"肯定，等到明天比较谨慎。"他们强调说。

"干吗要等？"金福答道，"明天或者后天，老沈还不是和今天一样危险！出发！"

"出发！"弗利和克莱格重复道。

向导听到了这段对话。在休息的时候,当两名保镖试图说服金福不要再往前走的时候,他脸上就曾显现出有些不满的表情。此时,当他看到他们老话重提,禁不住做了个不耐其烦的动作。

这个表现没有逃过金福的眼睛,况且,他已经下定决心,绝不后退半步。然而,就在向导帮助他登上骆驼,弯下身子前在他耳边低声说出一句话的时候,他感到不胜惊讶:

"您要当心这两个人!"

金福正要让他把话说清楚……向导打了个手势让他别作声,然后,下令动身。于是,这支小小的旅队冒险走上了黑夜中的乡间。

在弗利和克莱格的客户心里产生了一丝疑窦了吗?从向导嘴里说出来的这几句完全出乎意料和解释不清的话,能抵消掉这两位代理人为他忠心耿耿效劳两个月在他心中留下的印象吗?不可能!确实。然而,金福还是在想,弗利和克莱格为什么劝他,或者推迟前往老沈的营地,或者干脆别去了呢?难道他们之所以突然离开北京,不正是要去找老沈吗?百年公司的两位代理人的利益本身,不正在于使他们的客户收回那张荒唐的、存在危险的纸条吗?因此,这般一再地阻挠令人相当难以理解。

金福丝毫没有显现出这种令他心神不宁的感觉。他重又走在向导后面的位置上。克莱格和弗利走在他后面,就这样,他们走了整整两小时。

这时应该是快到午夜了,向导停住步,指给他们看北方一条黑乎乎的长线,它隐隐突现在略微明亮一些的天边。在这条线的后面,有几座银光闪闪的山峰,月亮还没有在地平线上露脸,但是,刚射出的月光已经把那些山峰照亮。

"长城!"向导说。

"长城!"向导说。

"我们今天晚上就能出长城吗?"金福问道。

"如果您非要不可的话,可以!"向导答道。

"我要!"

骆驼停了下来。

"我去探一下道,"这时,向导说,"你们待在这儿等我。"

他跑远了。

这时,克莱格和弗利走到金福面前。

"先生?……"克莱格说。

"先生?"弗利说。

接着,两个人又说道:

"自从可尊敬的威廉·J.比杜尔夫让我们跟随您本人,两个月以来,您对我们的服务还满意呢?"

"非常满意!"

"能否请先生给我们签一下这张小纸条,以证明您对我们良好合格的服务甚为满意吗?"

"这张纸条?"金福答道,看到克莱格递给他的从他小本子上撕下来的一页纸,他有些感到惊讶。

"这份证明,"弗利补充道,"也许能为我们赢得经理的一句赞赏。"

"或许还外加一笔奖金。"弗利补充道。

"这是我的背,可以让先生用作书桌。"克莱格弯下身子说道。

"还有必需的墨水,好让先生恩赐我们这份书面证明。"弗利说。

金福笑了,签了字。

"现在告诉我,"金福问道,"为什么在此地此时要来这么一手?"

"此地,"弗利答道,"因为我们不打算陪您去更远的地方了!"

"此时,"克莱格补充道,"因为再过几分钟就是午夜十二点了!"

"这时间跟你们有什么关系？"

"先生，"克莱格又说道，"我们的保险公司跟您的关系……"

"即将在几分钟后结束……"弗利补充道。

"那时，您可以自杀……"

"或者，让人杀了您……"

"您想怎么样就怎么样！"

金福莫名其妙地望着用最亲切的语气和他说话的两位代理人。此时，月亮已经升起在东方的地平线上，把它的第一道光线投射到他们身上。

"月亮！"弗利喊道。

"今天是6月30日啊！……"

"它在午夜十二点升起……"

"您的保单没有续签……"

"您不再是百年公司的客户……"

"晚安，金福先生！……"克莱格说道。

"金福先生，晚安！"弗利说。

说着，两位代理人掉转他们的坐骑，很快便不见了踪影，把他们的客户留在愕然中。

带走这两位美国人的骆驼也许太实际了一些，它们的脚步声刚刚消失，就有一队人，在向导的带领下，扑到想抵抗也抵抗不了的金福，以及想逃跑也逃跑不成的孙的身上。

不一会儿，主仆二人被带进了长城被废弃的堡垒，一个低矮的房间里，房门在他们身后谨慎地关上了。

第22章　这一章读者可以自己来写，因为结局是那么不出意料！

长城——中国的一道屏障，长达四百法里——由秦始皇建于公元前三世纪，它东起辽东湾，有两个突出部分浸入海中，西面一直到甘肃，到甘肃后，渐渐变成一般的围墙大小。这是个连续不断的双重护墙，由棱堡和塔楼护卫，高五十米，宽二十米，基础部分是花岗岩，上层表面加砖，它大胆地建造在俄中两国边界高低起伏的山脉上，曲折延伸。

在天朝帝国部分的长城，状况相当糟糕。而在满洲部分，它的外表还是比较完好的，它的雉堞依然像一条漂亮的石头褶边。

在这长长的工事线上，没有一个守卫者，也没有一门大炮。俄罗斯人、鞑靼人、吉尔吉斯人和天朝人一样都可以自由出入城门。这个屏障不再保护帝国北方的边疆，就连蒙古细微的沙尘都挡不住，让北风时而把它刮到了它的京城。

金福和孙在麦秸上草草过了一个夜晚之后，第二天早上，便被押进了这样一个没人看守的堡垒里的暗道，押送他们的十二个人肯定就是老沈的部下。

至于向导，他不见了人影。但是，金福也已经不可能再对他抱任何幻想。这个浑蛋出现在他经过的路上绝非偶然，他显然早就在那里等候着百年公司前客户的到来。他犹豫不敢冒险出长城无非是装个样子，让

他们不对他产生怀疑。这个无赖正是太平军的人,他如此行事正是奉了老沈的命令。

再者,在这个问题上,金福询问了一个押送他们的人,这个人似乎是领队,从而他已确定无疑。

"你们也许是要带我们去你们的头领老沈的营地吧?"他问道。

"不用一个小时我们就能到那里了!"那个人答道。

不管怎么说,王的学生要找的是谁?哲人的受委托人啊!那就好,人家正把他带去他想去的地方!不管是自愿,还是被迫,都不冤枉。口吐怨言的事情还得让孙去干,他的牙齿在咯咯作响,他已经感到自己的脑袋在肩上摇摇欲坠了。

金福始终十分冷静,他早已下了一闯龙潭的决心,所以,他任由别人把他带走。他终于能够一试和老沈谈判,赎回他的纸条了。这正是他所想的。一好百好。

出了长城之后,这一小队人没有走蒙古的大官道,而是爬上了陡峭的小路,小路右拐,深入这个省的山岭地区。就这样,他们以坡道所允许的最快速度走了一个小时。金福和孙被紧紧地围在中间,不可能逃跑,况且,他们也不想逃跑。

一个半小时以后,押送人员和囚徒隐隐约约看到,在山梁分支的转角处有一个破败的建筑物。

那是座旧时的寺庙,建造在大山的圆形山顶上,佛教建筑奇特的遗物。在俄中边界的这个偏远地区,荒无人烟的地方,可真让人怀疑会有何等样的善男信女敢于常来这个庙里拜佛。走在那些极有利于设伏和安排陷阱的小路上,这需要冒送掉小命的危险啊!

如果说,太平军老沈把他的老营设置在该省的这个山岭地带,那么,不难看出,他确实选择了一个易守难攻的好地方。

一个半小时以后，押送人员和囚徒隐隐约约看到，在山梁分支的转角处有一个破败的建筑物。

而当金福问起此事的时候,护送队的队长回答说,老沈确实就住在这座庙里。

"我这就想去见他。"金福说。

"马上就能见到他了。"队长答道。

金福和孙身上的武器事先就已经被搜走了,他们被引进一个作为庙宇中庭的宽敞的前厅。前厅里有二十来个武装人员,穿着剪径大盗的服饰煞是好看,而他们的脸相却似凶神恶煞,让人胆战心惊。

金福毫不畏缩地从两行太平军中过去。至于孙,他不得不让人使劲儿推着前行,他就是这个样儿。

这个前厅的深处是一堵很厚的大墙,大墙中间有一道楼梯,梯阶向下穿过山岩,通往相当深的地方。

这明显地说明,在寺庙主建筑下挖有一个像似地下室的房间,而一个不了解内情,不知道这些弯弯曲曲的地下道怎么走的人,想要到达那儿,不说不可能,至少也是难乎其难。

在他们的护送人员举着的烟雾缭绕的火把照明下,往下走三十来阶,然后前行百来步,两名囚徒来到一个宽敞的大厅,这个大厅也由火把照得半暗半明。

这便是地下室了。粗大的柱子上雕琢着来自中国神话传说的珍禽异兽的头像,这几根柱子支撑着扁圆状的拱顶,它们横向连接着沉重的拱顶石。

两个囚徒来到的时候,地下大厅里响起沉闷的低语。

实际上,大厅里不是没人。人群一直拥挤到它最阴森的角落。

这伙太平军全都聚集在这里,准备举行什么可疑的仪式。

在地下室的尽头,一个石头舞台上站着一个大高个儿。他好像就是个秘密法庭的庭长。他的三四个同伴一动不动地站在他身边,仿佛是他的陪审员。

这个人打了个手势。人群当即分开,让两名囚徒过去。

"老沈。"护送队队长指着那个站在台上的人说了声。

金福朝前迈出一步,以决心彻底解决问题的口气,开门见山:

"老沈,"他说,"你手里有一张纸条,是你的老战友王给你的。现在这张纸条已经没有意义了,我来请求你把它还给我。"

听到这语气坚定的话语,那个太平军连头都没有晃动一下。好像他是铜铸的。

"你把这张纸条还给我有什么要求?"金福接着说。

他等了等答复,答复却没有给他。

"老沈,"金福说,"我将在你选择的合适的城市和钱庄,打去一笔可以全额兑现的钱款,不用你派出心腹去取,为此而有所担忧!"

阴沉的太平军依然保持冰冷的沉默,不是好兆头的沉默。

金福加重语气接着说道:

"你想要我打多少钱过去?我给你五千两银子。"

没有答复。

"一万两?"

老沈和他的伙伴们依然默不作声,就像这座奇怪的和尚庙里的雕塑。

金福等得不耐烦,感到窝火。他一次次提议,不管怎么说。毕竟值得人家对此做个回应吧。

"你没听到我说的话吗?"他对太平军说。

这一回,老沈总算点了点头,表示他完全听明白了。

"二万两!三万两!"金福大声嚷道,"我给你如果我死了,百年公司会付给你的款子。两倍!三倍!说吧!够不够?"

被这种沉默不语激怒了的金福抱着双臂,走向不吱一声的人群:"你到底要多少钱,"他说,"才肯把那张纸条卖给我?"

"分文不要,"那个太平军终于答道,"你无视菩萨赐予你的生命,冒犯了菩萨,因此菩萨要报复你。只有在死亡面前,你才会意识到让你来到世上的恩宠,你那么久久地蔑视的恩宠!"

以不容置辩的口吻说完这些话之后,老沈打了个手势。金福没来得及抗拒便被拿下,捆绑起来,拉走了。几分钟以后,他被关进一个可以抬起来当轿子用的笼子里,笼子被封得严严的。

孙,不幸的孙,不管怎么叫喊,怎么哀求,也被如法炮制。

"这便要去死了,"金福想道,"好吧,可以!蔑视生命的人只配去死!"

然而,他的死,如果说在他看来是不可避免的了,来得却不像他以为得那么快。这个残酷的太平军会对他施以怎样的酷刑,他不敢想象。

几个小时过去了。金福在囚禁他的笼子里,感到被抬了起来,接着,被搬上了什么车子。晃晃悠悠的路上,马蹄声声,护卫队武器的碰撞声,使他确信无疑。他们要把他拉得远远的。去哪儿?他难以意料。

从他被抬起来后七八个小时过去了,金福感到轿子停了下来,把他关在里面用人力抬起来的轿子,很快便被移送到一个地方,那地方不像在陆路上晃悠得那么厉害了。

"难道我现在是在一条船上?"他想道。

非常明显的颠簸摇晃,螺旋桨轻微的震动,为他肯定了整个猜想,他在一艘汽轮上。

"死在波涛里啊!"他想道,"行吧!他们饶过我免受更糟糕的酷刑了!谢了,老沈!"

然而,就这样又过了两个二十四小时。一天两次,从笼子的小滑板

被这种沉默不语激怒了的金福抱着双臂,走向不吱一声的人群:"你到底要多少钱,"他说,"才肯把那张纸条卖给我?"

窗递进来一点食物。囚徒连送饭人的手都看不到,对他的询问更是无人作答。

金福啊!在离开这个老天爷为他变得那么美好的生活之前,他还曾寻求过激情呢!他那时不愿意他的心脏在没有感受过至少一次激跳前便停止了跳动!那么,他的愿望现在得到了满足,而且,有过之而无不及!

然而,如果说他要牺牲自己的生命了,金福还是希望能死在朗朗天日之下。想到这个笼子随时可能被沉入水底,他觉得可怕。死了,没有最后再看一次光明,再看一次充斥着他的全部记忆的可怜的雷鸥,那真是太冤了。

最后,经过一段他估计不出来的时间,他似乎觉得这次漫长的航行刚刚结束。螺旋桨的震颤停止了。载着他的牢房的轮船停了。金福感到他的笼子又被抬了起来。

这一回,才是最后的时刻到了,即将就死的人只剩下请求宽恕他一生中所犯下的错误了。

几分钟过去,就像是几年,几百年!

让金福感到十分惊讶的是,他发现,笼子重又停在坚实的土地上了。

突然,他的牢房打开了。几只手把他抓住,一块宽大的布条当即蒙住了他的眼睛,他感到自己被一下子拉到了外面。金福被人使劲抓住,他不得不跨出几步。然后,他的看守们强迫他站住。

"如果现在就该死去,"他大声嚷道,"我不求你们给我留下这条我不知道用来做什么的小命,只是,至少,你们让我死在光天化日之下,像一个敢于正视死亡的人那样死去!"

"行!"一个浑厚的声音说道,"就按照死囚的愿望办吧!"

突然,蒙着他双眼的布条被扯掉了。

金福贪婪地四下张望……

他这是在梦里吗？眼前是一张餐桌，桌子上堆满了山珍海味，餐桌前坐着五位客人，一个个笑容可掬，仿佛正等着他到来开宴。有两个座位空着，似乎就等待最后的两位客人入席了。

"你们！你们！朋友们，我亲爱的朋友们！我见到的正是你们吗？"金福嚷嚷道，那语气难以描述。

然而，不！他没有弄错。这是王，哲人！这是尹胖、华尔、宝森、丁，他广州的朋友们，两个月前，在珠江的一艘画舫上，他招待的那些人，他青年时代的伙伴，他向单身生活告别的见证人！

金福简直不敢相信自己的眼睛。他这是在自己家里，上海寓所的餐厅里！

"真的是你！"他对王嚷道，"真的不是你的影子。跟我说说话呀……"

"正是老朽本人，朋友，"哲人答道，"能原谅你年迈的老师吗？这是他不得不给你上的有点严酷的最后一堂哲理课啊。"

"什么！"金福嚷嚷道，"真的是你，你，王！"

"是我，"王答道，"我承担下剥夺你生命的使命，只是为了不要换别人来干这件事！我比你先一步得知你并没有破产，知道你很快就不会再想去死了！我从前的战友老沈，刚刚接受了招安，从此，他将是帝国坚定的支持者，他愿意协助我，让你面对死亡，使你明白生命的价值！如果说，我让你陷入可怕的焦虑不安，更有甚者，如果说我让你四处奔命，让你的遭遇几乎超出了常人的所能所为，要知道，我的心更是在为此流血，这是因为我知道，你经过苦苦追逐幸福后，最终会在这过程中抓住幸福！"

金福投入王的怀抱，王紧紧地抱住他。

"我可怜的王啊,"金福异常激动地说道,"倘若说我曾独自一人四处奔波!我却给你造成了多大的伤害啊!你自己还不是得疲于奔命,我还迫使你在八里桥跳了河!"

"啊!这事儿啊,见鬼了,"王笑着答道,"它可真让我为自己的五十五岁高龄和我的哲理害怕。我当时很热,而河水很冷!不过,没事儿了!我安然无恙!我们从来没有像为别人奔跑和游泳的时候,跑得那么快,游得那么好过。"

"为了别人!"金福神色严肃地说,"是啊,为了别人而善做一切!幸福的秘诀便在于此了!"

这时,孙走了进来,他脸色苍白,完全就是个刚遭受了要命的四十八小时晕船折磨的人。倒了霉运的仆人,跟着他的东家,重作了一次抚宁到上海的航行,而且是在何等糟糕的处境下!这一点从他的脸色上就能加以判断!

金福从王的拥抱中脱出身来后,和他的朋友们一一握手。

"肯定,我更喜欢这样!"他说,"迄今为止,我一直是个疯子!……"

"你可以重新成为智者!"哲人答道。

"我将尽力而为,"金福说,"现在该开始考虑整理我的商务了。过去的金福曾经满世界奔走,去追逐一张小纸条,对我来说,这张纸条曾是太多磨难的起因,为此,我绝不能忽略它的存在。我亲爱的王,我交给你的这张该死的纸条最后怎么样了?它真的从你手中出去了吗?我还是挺想再见到它的,因为,毕竟,它要是再丢掉就糟糕了!老沈,如果还在他手里,他对这张破纸片是不会很在乎的,可要是落在哪个……不大可靠的人手里,那就够我喝一壶的了!"

说到此,所有的人都笑了起来。

"朋友们,"王说,"金福无疑在逆境中得以转变为一个有条理的人了！这不再是我们过去的那个麻木不仁的人！他像一个规矩人那样思考问题呢！"

"随怎么说都抵不上把纸条还给我,"金福接着说,"我那张荒唐的纸条！我说句掉底子的话,不把它烧掉,不看到它变成灰随风飘散,我就放不了心啊！"

"说正经的,你真的很在乎那张纸条吗？……"王又问道。

"必须的。"金福答道,"你不会残酷到想要留着它作为针对我疯病复发的担保吧？"

"不会。"

"那怎么了？"

"怎么啦,我亲爱的学生,要实现你的愿望只剩下了一个障碍,而这个障碍,很不幸,并不来自我。老沈和我,我们都没有你的纸条了……"

"你们已经没有了？"

"没有了。"

"你们把它毁了吗？"

"没毁！唉,没毁！"

"你们不小心把它交到另一个人的手里了？"

"是啊！"

"给谁了？给谁了？"金福急急问道,他完全没有了耐心,"是的,给谁了？"

"给某个一定要亲手把它交给你本人的人！"

此时,妩媚迷人的雷鸥从她藏身的一道屏风后面走出来,她一句不漏地听到了全部谈话。雷鸥小巧的手指间夹着那张至关紧要的纸条,挑逗似的晃来晃去。

金福向她张开双臂。

雷鸥小巧的手指间夹着那张至关紧要的纸条,挑逗似的晃来晃去。

"别急！有点儿耐心好吧,拜托了!"可爱的女人装出要退回屏风后面的样子,对他说道,"先把这事儿办了,哦,我睿智的夫君啊!"

说着,她把纸条放到他眼睛底下：

"我的哥哥认出他的大作了吗?"

"我怎么认不出来?"金福嚷嚷道,"除了我,谁能写出这种愚不可及的纸条来啊!"

"那就好,首先,"雷鸥答道,"就像你所表明的十分合乎情理的愿望那样,把这张不慎写下的纸条撕掉,烧掉,让它魂飞魄散！愿写下它的金福荡然无存!"

"好嘞,"金福说,他把那张薄薄的纸片凑到灯火上,"好了,现在,我的心肝宝贝！请允许你的夫君深情地拥抱他的妻室,并请求她主持这幸福的晚餐。我感觉到自己已经准备好了大快朵颐!"

"我们也等不及了!"五位来宾齐声嚷嚷,"非常高兴让我们饥肠辘辘了!"

几天后,皇家的禁令撤销了,他们完了婚。

新婚夫妻恩恩爱爱！他们将恩爱到白头！生活中,一千个,一万个祝福正等着他们!

我们真得去中国看看这些事儿!

LES TRIBULATIONS D'UN CHINOIS EN CHINE